我想吃掉你的胰臟

住野夜

君の膵臓をたべたい

Yoru Sumino

丁世佳——譯

【給台灣讀者的作者序】

各位之所以注意到《我想吃掉你的胰臟》這本書，我想這個有點令人不舒服的書名就是理由之一。是的，作者本人也覺得這個書名有點不舒服。但各位願意拿起這樣書名的書，甚至還願意閱讀，我真的覺得非常高興，在此致上衷心的感謝；因為這本書就是由書名產生的。

我個人喜歡吸睛且娛樂性高的故事，要是這樣的故事裡還有哏，那就不只是喜歡，而是大愛了。這回我埋下的哏是《我想吃掉你的胰臟》這個書名。但到底是怎樣的哏呢？還請大家務必閱讀。

不止是常看書的人，就連平常不看書的人都會被吸引的書名，且看了之後備受感動的故事，看完以後仍舊留在腦海中的登場人物等，這些就是我寫作時的中心思想。

我聽說台灣的讀者們也會讀到我的文章，其實我從很久以前就想去台灣了，但到現在還沒機會去，沒想到自己創作的作品竟然會先到台灣，真的吃了一驚，太令人羨慕了。

在日本的我所寫的東西，若能讓在台灣的各位心裡有所感受的話，那就真的太好了。當然，我不會自以為地說出「這故事一定會讓大家感動的！」這種話，畢竟我們平常吃的東西、聽到的話語，以及跟居住的地方都不一樣，覺得有趣的點不一樣也未可知。

即便如此，我仍舊打從心底希望自己寫的故事，無論在哪裡，只要有一處能超越國籍和文化，只要大家覺得日本有個傢伙寫的故事好像滿有趣的，這樣就太好了。

期待我跟閱讀這本書的你之間，能有如此的聯繫。

真的非常感謝大家對《我想吃掉你的胰臟》這本書感興趣。

住野夜

【譯者專文推薦】

如果你是個高中生，突然被告知自己的同班同學只剩下一年的生命，你會怎麼辦？如果你是個高中生，知道自己只剩下一年的生命，你會怎麼辦？

一本叫做《共病文庫》的小冊子，讓原本與生死大問無緣的青春年華，突然被迫面對難以置信的困境，少女和少年要如何應對？

「我想吃掉你的胰臟」，難道這是食人族的驚悚故事？

無可諱言地書名跟封面的反差引人注目，但驚悚的書名並不是嘩眾取寵，而確實是貫穿本書的重點。罹患絕症的少女與少年的純愛故事算得上是青春小說的王道，但作者不流於俗套，在這本處女作裡展現了有趣的技法；內向孤僻只喜歡看書的男主角名字一直都沒有出現，只被稱為「●●同學」，隨著故事進展而有所變化。活潑好動交遊廣闊的女主角一出場就已經身罹重病，但精神飽滿毫無病容，還能口出「我要吃你的胰臟」的狂言，讓男主角又好氣又好笑。隱瞞生病事實的少女跟不經意得知了真相的少年，完全相反的兩個人，懷抱著共同的秘密，在看似平凡的日常生活中，被迫面對了人生最大的生死難題。

他們能怎麼辦？他們要怎麼辦？他們會怎麼辦？奇蹟會不會出現？結局是不是皆大歡喜？

雖然沒有奇幻的設定，但《胰臟》的男女主角都略有宮崎駿動畫角色的影子，「只要活著就有辦法」、「害怕死亡就等於沒有活著」。面對困境但毫不氣餒努力前進的少女，不僅自己積極地面對每一天，還將滿足於自己內心世界的少年拉到陽光下，開啟了無限生機的新天地。

作者獨特的白描手法和對話機制，讓讀者在不知不覺中陷入了少年的心境，隨著他步步前進，揣測少女的動機。最後讀者跟他一起閱讀了《共病文庫》，書名真正的意義浮現之時，應該鮮少有人不為之動容。

《我想吃掉你的胰臟》是一個青春的故事、成長的故事、戀愛的故事，甚至也是一個探討生死的故事。但最重要的是，這是一本能觸動讀者心弦，好看的小說。

丁世佳

【推薦序】

活著，就是創造自己的故事

「你沒有覺察到的事情，就會變成你的命運。」——精神分析學家 Carl Gustav Jung

剛拿起這本書的時候，只覺得書名驚悚獵奇，心想該不會是暗黑系小說吧？仔細翻閱內容，原來是一本洋溢著青春氣息的作品，故事是發生在校園裡面沒錯，但隨著情節的推展，你會逐漸發現主角之間的對話並不尋常，用膝蓋想也知道，誰會沒事把吃掉對方的內臟掛在嘴邊，讀到最後才恍然明白：啊！有些難以言喻的情感，只能用這種特別的方式才能如實表達，這作者實在太厲害了！

如果你的生命只剩下不到一年，你會打算用什麼方式度過餘生？

有些人快要死了，卻拼了命想要活下去，而有些人健健康康的，卻找不到活下去的理由，這兩種人的處境都值得同情，作者硬是把他們湊在一起。原本是兩條平行線的人生因偶然交疊在一起，擦撞出絢爛的火花，彷彿被命運牽引著，又被命運所捉弄，到底人活在這世上有什麼意義呢？很多人都在學習做自己，卻陷入霧中看不清自己的模樣，人與人之間賴以維繫的關係究竟是什麼呢？

這是一部以輕鬆筆調探索存在意義的作品，那些無法界定的複雜情感、身分認同、彼此的關係等等，都在「共病文庫」裡找到了答案。這何嘗不是一種隱喻呢？科技日新月異的數位時代，人們卻無時無刻活在焦慮、憂鬱、疏離和恐懼之中，渴望依賴、渴望建立關係、渴望被撫慰、渴望心靈獲得寧靜，渴望被認同，渴望被愛。如果有個人能告訴我活下去是有意義的，我的存在是有價值的，我的付出終有一天會有回報，那麼這世界就會少一個去傷害別人的人，一切問題的背後很可能是我們缺乏愛人/被愛的勇氣，不管是真心話還是大冒險，在人生的遊戲關卡裡，你總要選擇一個來決定下一步該往何處去，命運它始終是掌握在自己的手中。

沒有名字的同學起初面目是模糊，當他瞭解自己是誰找到活下去的理由，他的眼睛是發亮，他的表情是生動的，他有好多話想對朋友說，他發現還有許多任務等待他去完成，那一刻他彷彿重新找到了自己的名字，而名字再也不是符號，被賦予了特殊的意義。

只有你是這世上獨一無二的存在。

讀完這本書你會找到活著的勇氣和力量。

銀色快手　荒野夢二、淳一書店主人

【試讀好評】

◇如果死亡注定到來，要如何面對這個必然？生與死，最單純卻最複雜的議題，作者透過書中主角們的對話，一次又一次地挑戰讀者的價值觀。平淡的文字之下，兩個人不避諱地談著死亡，有時甚至直白到令人捏一把冷汗。但是他們的態度絕不輕浮，而是誠實、真摯、追根究柢。面對即將到來的死亡，不是害怕退縮，他們選擇勇敢面對。偶然的相遇卻讓兩人在完全相反的對象身上找到了彼此最需要的那片拼圖。「我想吃掉你的胰臟」絕對不是一句恐嚇或玩笑，而是對生命的渴望與尊重。這個故事出乎意料的結局，反而有些遺憾、感傷，但也因為它的「不完美」，才如此真實而動人。

——誠品書店 圖書管理專員 劉家沛

◇這部溫暖的青春小說，可說是日本版的《生命中的美好缺憾》，同樣在甜蜜的愛戀中，加入死亡威脅的苦味，但仍保留著日本小說清爽易讀的特性。透過作者巧妙的情節設計、生動的角色經營下，讓人重拾初戀般的純真感動，在觸及內心深處遺憾的同時，也帶來一股正面向前的溫柔力量。

——誠品網路書店　史顧己

◇原本是看似平淡易讀的小說，但看完此書，除了故事情節感人外，最重要的是故事主角如何面對命運、選擇自己生活的意義，以及面對死亡的恐懼而產生正向的樂觀態度。是一本激發讀者，重新面對自我，找到生命意義的好書。

——紀伊國屋書店 徐璨瑄 副總經理

◇還沒讀到最後，眼淚已開始流。這是一本有著聳動的書名，卻以淡雅鋪陳的小說。討論著友情、愛情、認同，及不平等人際關係的定義，而這些關係會因不同的選擇，而有不同的界線。各人物在主動和被動之間形成透明界線，沒有一種關係是絕對的，沒有一種結局是一定的，重要的是如何選擇。

——大眾書局 採購經理 何宗慧

◇在平淡而真摯的故事中，沒有名字的他與女主角漸漸有了清晰的臉孔。這部小說喚起那青澀年代的回憶，因為遇見了某人，讓你初嘗人生的酸甜，而後因為時空改變而再也無法見面，以為那人就這麼什麼都不留地從生命中消逝了，但其實許多看不見的東西已經被建立，而你也已經帶著他的祝福邁向嶄新的人生。

——晴耕雨讀小書院 店主 洪毓穗

◇仔細思索每個人都是因為偶然才相遇嗎？活著的意義又是什麼？因為那些關於青春、極其無聊的笑鬧或對話；因為那些有意識或無意識的一連串選擇，讓【知道秘密的同學】和小櫻開始有了命運轉折的交集。就像蝴蝶振翅後向外擴散的波紋般，悄悄地影響且改變了彼此，以及面對人生的勇氣。作者以平凡的文字和青春日常，堆疊出積壓在胸口卻難以用言語述說的情感厚度，不禁讓看完的人脫口說出「我想吃掉你的胰臟」這句看似驚悚卻蘊藏最真誠心意的話。如果手邊正缺少一本書，請務必從這本書開始享受故事帶來的感動!!

——金石堂 文學採購 zoe

◇書名叫《我想吃掉你的胰臟》，在看之前會思考這句話是什麼意思？看完之後，還是想再重新定義這句話。【沒有名字的同學】與現今對事物表現無感的人們很像，被命運推前與【沒有未來的女主角】相遇，而故事的發展是漸漸累積堆疊的，等著被一句話重擊心臟。讓人在通勤途中無防備的噴淚，實在太奸詐了，身上沒有半張衛生紙。其實就像現實生活般，哪裡由得人準備好呢？是可以重看二遍的小說，再來討論什麼是「我想吃掉你的胰臟」。

——金石堂網路書店文學線 Emanda Chen

◇我想，跟大多數人一樣吧，剛開始看到這個書名，真的會以為是一部恐怖的推理小說；後來經過細細品讀之後，才發現作者用最樸實、最平凡的文字，去描述一個動人的故事。雖然沒有華麗的辭彙，但卻蘊含很深很深的情感，非常平易近人，讓人會忍不住一直想閱讀下去。就像是一道美食，用最簡單、最單純的手法去料理，卻能讓人吃出原始食物的美味，是一部相當貼近人心的小說，值得收藏。

——金石堂信義店 店長 紀華慶

◇看似完全不符合的書名，卻是融貫劇情的一個意義；既青春又有青澀的曖昧元素，不論你喜不喜歡它的書名，但相信你會愛上故事的劇情與結局。原以為平淡無奇的敘述，卻像是輕輕散開的漣漪，等待最後結局衝擊你我最深層的感動與淚水。彼此不同的方向，卻是最單純的直線距離。名為選擇的決定，讓完全相反的兩個人成為最心意相通的彼此。或許你不相信命運，但名為選擇的元素，卻是聯繫彼此人生的關鍵。看完本書，是否你會開始相信你的人生，是為了等待那個需要你的人呢？

——金石堂板遠店 店長 簡明偉

◇看完後，我哭了。這是一部小品卻使用非常真實的情緒，來表達出人與人相遇到相識是多麼可貴與不可思議的小說。我們從來不會想到，原來自己誕生在這世界上與一個看似不相關的人相遇，竟有這麼大的魅力去影響他的人生觀與往後生活的每一刻選擇，這始終需要勇氣。男女主角都做出人生最大抉擇，只為彼此相遇。他感激她，讓他了解積極面對生命與熱愛所有人；她羨慕他，讓她第一次覺得自己是獨立的存在。故事尾聲，也想對曾經生命中短暫出現相遇的人說聲：「謝謝你」。

——金石堂福科店 店長 吳佳容

◇看書名還以為是尋常的推理驚悚小說，沒想到最後卻整個反轉。「沒有名字的少年」與「沒有未來的少女」這兩條看似永不相交的平行線，卻在意外之處結合；以為既定的結局，故事卻是意想不到的發展。不勝唏噓，甚至略感憤怒的心情下，也隨著「沒有名字的少年」一同流下淚水，跟著懷念起浮現在腦海中，那個笑得不比太陽遜色、勇敢又魯莽、燦如櫻花的少女。正如書中所說，相遇不是偶然，而是必然。如果說人生是一連串的選擇，那麼，我們也將在這一連串的選擇之中，與生命中最重要的那個人相遇，相交，甚至分離，成就了現在這個稱不上「完美」，卻有意思的人生。為了這份必然，我們才出生在這美麗的世界。

——金石堂汀洲店 圖書業助 師羽柔

◇胰臟這器官在哪裡？做什麼用？很多人都不清楚吧！就如同前些年因為做內視鏡而導致短暫幾天胰臟疼痛的我，至今也仍弄不明白，但當時的痛楚感是一輩子的存在。啟讀時，男主角的陰沉登場就引起我的好奇，連自己都沒發現停不下來。不得不說，人物的投射對任誰都有中學時光的讀者是一種致命吸引。幾近一口氣讀完故事，除了簡單但力度強大的文字揪著你持續探究外，陪讀人物在不同篇章中一一登場，哈！就是那些你以為再也不會想起的中學同學及當時發生的趣事或遺憾。男主角問女主角，活著是什麼？「跟某人心意相通，那就叫活著。」和男主角一樣，我的靈魂在當下被激盪了。不論怎樣的年紀，是不是每個人都曾在某個時節有過一段如同參加螢火蟲季般，被黑暗裡螢光交織的閃爍幻惑著心眼，而你卻早預知它消逝的時間，只是不想也沒想那一日的到來。

——金石堂南遠店 圖書專員 劉惠真

◇看完小說的第一個想法是——櫻良還算幸福，能讓她做想做的事，甚至生命的最後一刻，都還是想著自己喜歡的朋友。兩年前，自己的好友亦罹患重病，面對他的病情，我們都無法如小說中【平凡的同學】與櫻良那般遊刃有餘。一般都認為生命有限，應當珍惜美好的每一刻；但當金錢壓力撲面而來，住院費、診療費、移植費與藥費，甚至連家裡的生活費、水電費與房租，即便生命有如風中殘燭，還是得拖著身體，想辦法掙錢養活一家人。但可喜的是，事情來得又快又急，令人感到手足無措。當在面對變故的過程中，我們都跟【平凡的同學】一樣，獲得了面對未來的勇氣，也更明瞭自己在生命中的重要性。或許，人總得藉由意外，才能扭轉對事物的看法吧。

——金石堂板橋店 圖書助理 R

◇是不是吃掉了別種生物的內臟，我們身體所欠缺的部份就能獲得能量？那麼，如果我吃掉了你的胰臟，是不是就能成為像你這樣的人？我想，成為你只是我想，即使不吃掉，我們都在彼此的生命中劃下難以抹滅的記號。這酸甜參半的滋味，是否撩動你我曾潛藏的回憶？無論那關係是否無以名狀，是好是壞，我們都因彼此而改變了。原來，我們互相嚮往，從中往來，最後明白我們都是獨一無二的個體，也學會從不同的角度看待這個世界，以及學著愛這個世界，成為我們都認為最好的人。

——金石堂城中店 業務助理 葉翊潔

◇一開始看到《我想吃掉你的胰臟》這個書名，會忍不著問自己是看錯了嗎？想吃掉，你的胰臟!?雖然名字有點怪，但其實是一個溫馨感人的故事。在故事中用了大量的對話來呈現，也表現出男孩和女孩的鮮明個性，兩個相反的人卻成了彼此的需要和心靈相通不可獲缺的另一半。本來有點冰冷的內容，因為他們的相處而漸漸變得溫暖。男孩到最後在心裡對女孩表達了很多感謝，畢竟遇見了「她」才有不同的人生經歷及體驗。整個故事可以看見男孩的成長和轉變，幾乎都忘了他本來不愛與人交際互動。特別的是故事一直沒有提到男孩的名字，只用形容詞來取代，直到最後才提及名字，我很少讀到像作者這樣呈現角色的作品。這本書很適合靜靜地閱讀並體會男孩的內心情緒及想法。

——金石堂環球店 業務助理 蔡皖臻

◇反應現實社會年輕世代的性格，再宅不過的男主角與生性活潑的女主角，在一次偶然的機會下，交織出一段不思議的故事。在女主角的生命催化下，轉變了男主角的人生觀，也同時傳達出作者對時下年輕人的期盼。隨著「我想吃掉你的胰臟」這句話在文中不斷出現，隱喻生命的真諦，也誘發你我內心的共鳴，實屬當下世代值得一看的作品。

——墊腳石圖書（股）公司 副總經理 藍源宏

◇男女主角從兩條平行線因為一本書的奇妙交會，男孩和女孩平淡無奇的生活因為有了彼此而顯得不平凡。作者細膩寫出男孩女孩相處的矛盾曖昧情緒，而生死議題成為兩人之間的日常，這種關係無法單純定義在友誼或愛情。在他們心意互通而體會需求對方的每個瞬間，都讓自己的生命更為光亮，也讓讀者感受在紛擾的現今，最純粹的靈魂交會。

——墊腳石重南店 圖書組長 林庭赫

◇這是一本奇特的小說，在你看完最後一頁後，會忍不住想再從頭看起。最有張力的，當然是故事的倒數幾章，可是開始的鋪陳，過程中埋藏的伏筆，更是你不忍忽略而想一探究竟的。低調孤僻的男孩，遇上患重病卻陽光開朗的女孩，會產生什麼火花呢？最微妙的莫過於男孩的轉變。開始與人對話後，漸漸卸下武裝的自己，不在冷眼旁觀，而是坦率地面對自己最赤裸的情感。以為被療癒的自己，才發現在人與人相處的無形之中，也產生了療癒人心的能力。我想起《小王子》的片段，「馴服」總要冒點流淚的風險，感受到最幸福，也感受到最難過。可是值不值得，也未必可知。

——諾貝爾圖書城 旗艦店副組長 高佳敏

◇最一開始時看到書名嚇了一跳，也相信這是所有讀者都會感受到的（笑）。透露劇情是不道德的，但我確實從守望著男女主角的過程中，得到了找尋已久的答案。如果你擁有、或曾經有過一個不願與之別離，卻又無法不為的那樣一個人，請縱容我一個私心的要求，千萬不要輕易地就闔上它，試著選擇保留跟這本書的邂逅直到最後。相信我，也相信你自己。

——墊腳石許昌店 圖書專員 千檀

◇活在自己世界的陰鬱少年和人人追求的活潑少女，個性截然不同的兩人，因為醫院中的偶發事件而交織了命運，故事的齒輪也因此開始了轉動。死亡逼近的倒數計時，催化了女主角尋找生命剩餘的意義。透過短暫的青春校園戀愛劇本表現出作者想傳達的，同時也是拯救男主角生而為人必須體會「交際」的重要。由秘密與愛情引發的震撼與悲傷，隨著「我想吃掉你的胰臟」這句話在文中不停地出現，直到最後知道這句話真正的意義時，每一次看到都會有截然不同的感受。引起你我共鳴的催淚青春校園作品，能讀到這本書真是太好了！

——墊腳石許昌店 圖書專員Silver Nitrate

◇一開始看到書名時，還以為是恐怖小說，讀完之後才發現自己徹頭徹尾被騙了，但被騙得心甘情願就是了。要是你拿起這本書，請好好閱讀它，相信你會無可自拔地一口氣把它看完。「生命就像一盒巧克力，你永遠也不會知道將拿到什麼。」這是電影《阿甘正傳》的經典名言，也是這本小說的最佳寫照。沒看到結局，請不要輕易放下。要是你忍不住落淚，我願意借你衛生紙，我們可以一起掉眼淚，然後繼續好好的、靜靜的把自己的人生過完。——政大書城 台南店 店員 林修竹

◇一本會讓人流淚的小說。我們因為自己的選擇，和某些人產生連結，才有了活著的意義。縱使有天你離開了，我的生活已改變，不再覺得自己是一個人了。

——政大書城 光華店 店員 邱淑玲

的。

我同班同學山內櫻良的告別式，是在一個跟她完全不相配的陰天裡舉行

一定有許多人流淚。證明她並沒有白活一場的葬禮，以及前一天晚上的守靈儀式，我都沒有去。我一直待在家裡。

幸好唯一可能會強迫我出席的同班同學已經不在這個世上了，老師和同學的雙親既沒有權利，也沒有義務要我去，於是我尊重了自己的選擇。

我是個高中生，當然就算沒人叫我，我本來就不得不去學校；但多虧她死在假日，我得以不用在天氣不好的時候出門。

我父母都要工作，送走他們以後我隨便吃了點早餐，就一直窩在自己房間裡。要說此舉是因為失去了同班同學而感到寂寞空虛，卻並非如此。

只要不被這位女同學叫出去，我從以前就喜歡在假日時窩在自己的房間。

在房裡大部分的時間都在看書。我不喜歡實用指南和自我啟發類的書籍，只一個勁兒地看小說。

我倒在床上，腦袋或下巴抵著白色的枕頭，閱讀文庫本。精裝本太重了，文庫本比較好。

正在看的書是以前跟她借的。這是不看書的她這輩子接觸到最棒的一本書。我借來之後一直放在書架上，本來想著要在她死前看完還給她，卻沒來得及。

來不及也沒辦法，只好等我看完後再拿去她家還，到那時候再跟她的遺照告別就好。

我在床上把那本剩下一半的書看完時，暮色已經低垂。我沒有拉開窗簾，只靠日光燈的光線看書，直到手機響起，我才發覺時間已經過了多久。

電話沒什麼特別的事，是母親打來的。

最初兩通我不予理會，但她繼續打，我想應該是跟晚飯有關，就接了手機。內容是要我先把飯煮好，我跟母親表示知道了，然後掛斷電話。

把手機放在書桌上之前，突然意識到一件事——我已經兩天沒有碰這機器了。

並不是刻意迴避，就不知怎地沒碰它。這樣說好像有什麼意味深長的含意，但我只是忘了看手機而已。

我掀開自己的折疊式手機，叫出簡訊看收件匣，未讀訊息一則也沒有。說起來這也是理所當然。接著，我查看已發送的訊息，那裡可以看到除了通話之外最新的使用紀錄。

就是我傳給同班女同學的簡訊。

只有一句話的簡訊。

我不知道她有沒有看到。

本來想離開房間去廚房的，結果又趴在床上。

我在心裡反覆咀嚼著傳給她的那句話。

不知道她看到了沒有。

「我想吃掉妳的胰臟。」

要是看到了，她會怎麼想呢？

我左思右想，就睡著了。

結果，飯是母親回家後煮的。

或許我在夢中見到她了，也未可知。

1

「我想吃掉你的胰臟。」

學校圖書館的書庫。圖書委員的工作，就是在灰塵滿佈的空間裡，檢查書架上的書籍排列順序是否正確。我正認真地執行圖書委員的任務時，山內櫻良突然說了這句奇怪的話。

我本來想不予理會的，但這裡只有我跟她兩個人，說是自言自語也未免太驚悚了，這句話果然還是對我說的吧。

她應該正背對著我檢查書架。沒辦法，我只好回應她。

「妳突然成了食人族嗎？」

她深吸一口氣，被灰塵嗆了一下，然後開始興高采烈地解釋。我並沒有望向她那頭。

「我昨天在電視上看到的啦，以前的人要是身體哪裡不好，就吃其他動物的那個部分吧。」

「所以呢？」

「肝臟不好就吃肝臟，胃不好就吃胃，他們好像相信這樣就可以把病治好喲。所以我呢，想吃你的胰臟。」

「這個『你』，難道是指我嗎？」

「要不然還有誰？」

她吃吃地笑著，似乎也正繼續工作，沒有看向這邊。我聽見精裝本被拿出來又放回去的聲音。

「我小小的內臟，沒法背負拯救妳的重大任務啦。」

「好像壓力大到胃都要痛了的樣子。」

「所以找別人吧。」

「要去找誰？就算是我也不覺得能吃家人啊。」

她又吃吃地笑起來。我可是面無表情地認真工作，真希望她能好好跟我看齊。

「所以只好拜託『知道秘密的同學』啦。」

「妳就沒有考慮到我也可能需要胰臟嗎？」

「反正你根本不知道胰臟是幹嘛用的——」

「我知道喔。」

我知道。我曾經查過這個很少聽說的臟器，當然也是因為她的緣故。

我聽見她在我背後的呼吸和腳步聲，好像很高興地轉過身來了。但我仍舊面向書架，只很快地瞥了她一眼，看到了一個臉上滴汗，掛著笑容，完全不像是馬上要死掉的女孩子。

在這個地球暖化的時代，已經七月了，書庫的冷氣還一點都不冷，我也滿頭大汗。

「難道你查過了？」

她的聲音太咄咄逼人，我沒辦法只好回答。

「胰臟是調整消化和能量的產生。比方說，生產胰島素將醣轉化成能量。要是沒有胰臟，人無法得到能量就會死掉，所以我沒法請妳吃我的胰臟。抱歉了。」

我一口氣說完，繼續做事。她哇哈哈地笑出聲來，我以為自己的笑話很高明，正有點得意，但卻好像不是這麼回事。

「什麼啊，原來『知道秘密的同學』對我還是有興趣的呀。」

「……那當然，罹患重病的同班同學真是太有意思了。」

「不是這個，我本人呢？」

「……很難說。」

「這算什麼啊——」

她一面說，一面又哈哈哈地笑著。一定是熱得腎上腺素過剩，腦筋秀斗了吧。我很擔心同班同學的病情。

我們默默地繼續工作。圖書館的老師把我們叫過去，原來圖書館閉館的時間到了。

我在檢查完畢的地方，將一本書稍微抽出來做標記，四下確認沒有遺漏東西之後，便走出書庫。從悶熱的房間出來，流汗的身體吹到圖書館裡的冷氣，不由得發起抖來。

「好涼快——」

她愉快地轉了個圈，走到圖書館櫃臺後面，從書包裡取出毛巾擦臉。我垂頭喪氣地跟在她後面，也走到櫃臺後方擦汗。

「辛苦了。圖書館已經關門了，你們不用著急。來吧，喝茶吃點心。」

「哇——，謝謝老師！」

「謝謝老師。」

我喝了一口老師端來的冰麥茶，環視圖書館內，確實沒有半個學生。

「點心好好吃。」

她對一切都積極正面應對，早就坐在櫃臺後面的椅子上休息了。我也拿了一個點心，把椅子移到跟她有點距離的地方坐下。

「下星期就要考試了，對你們倆真不好意思。」

「不會不會，沒關係的。我們兩個成績一直都不錯啦，對不對？『知道秘密的同學』。」

「只要上課有聽就好。」

我隨便應了一句，咬了一口點心。真好吃。

「你們倆都已經考慮過要上大學了嗎？山內同學呢？」

「我還沒想過呢——。是還沒想，還是已經想了呢？」

「『乖乖牌學生』呢？」

「我也還沒。」

「這樣不行喔，『知道秘密的同學』非得好好考慮不可。」

她一面伸手拿第二個點心，一面管我的閒事，但我不予理會，喝了一口麥茶。普通市售的麥茶，因為味道很熟悉所以好喝。

「你們倆都要好好思考未來才行，一個不小心就會到我這個年紀了。」

「啊哈哈哈，不會那樣的啦——」

「………」

她跟老師都開心地笑著，但我沒有笑。一口吃掉點心，接著用麥茶沖下去。

她說的沒錯，不會那樣的。

她不可能活到跟四十幾歲的老師同樣的年紀。在場的人只有我跟她知道，所以她笑著對我使眼色。簡直像是美國電影裡，演員一面說笑話一面眨眼似地。

只不過話說在前頭，我並不是因為她的笑話太過輕率，所以才笑不出來；而是她那種「我說的話很有趣吧」的得意模樣讓人不爽。

我不高興的樣子好像讓她有點不甘心，她用嚴峻的目光望著我。看見她示意的眼神後，我才讓自己的嘴角稍微往上揚。

我們在閉館後的圖書館待了約三十分鐘，然後準備回家。

走到鞋櫃處的時候已經是傍晚六點了，仍在明亮陽光下努力的運動社團成員的聲音從外面傳來。

「書庫好熱啊——」

「是啊。」

「明天也做那個吧！不過，明天來學校也放假呢！」

「是啊。」

「……你有在聽嗎？」

「有在聽啊。」

我把便鞋換成樂福鞋，從兩邊都是鞋櫃的門口走出去。學校大門在校舍門口前方，操場在校舍後方，棒球隊和橄欖球隊的聲音漸行漸遠。她發出噠噠的腳步聲，特意加快速度跟我並肩前進。

「沒人教你要好好聽別人說話嗎？」

「有教啊，所以我有在聽。」

「那我剛才說了什麼？」

「……點心。」

「看吧，根本沒、在、聽！不可以說謊！」

她像幼稚園老師一樣斥責我。以男生來說我算矮的，以女生來說她算高的，我們身高幾乎一樣；毋寧說被比自己略矮的人斥責滿新鮮的。

「對不起對不起，我在想事情。」

「嗯，想事情？」

她原本滿臉的不悅一下子豁然開朗，興致勃勃地盯著我瞧。我稍微抽身，略略點頭。

「對。我一直在想，而且是認真的。」

「喔——，到底是什麼事？」

「妳的事。」

我並沒有停下腳步，也沒有望向她，刻意不要造成戲劇性的氣氛，盡量普通地談話。要是她認真起來應該會很麻煩。

「我？哎——，什麼啊！愛的告白？哇——，好緊張！」

「……不是的。那個……」

「嗯。」

「剩下不多的生命，花在整理圖書館真的好嗎？」

我非常隨意的問題讓她疑惑地把頭歪向一邊。

「當然好啊。」

「我覺得並不好。」

「是嗎？那你說我該做什麼？」

「比方說，跟初戀的人見面啊、到國外去搭便車旅行、決定最後的葬身之地之類的。妳總有想做的事吧？」

她這次把頭歪向另外一邊。

「唔──，我也不是不明白你想說什麼啦。比方說，『知道秘密的同學』也有想在死前做的事，對吧？」

「……也不是沒有……吧。」

「但是現在並沒有做，不是嘛？你跟我，明天都說不定會死啊。從這點來說，我們並沒有什麼不同，真的。一天的價值都是一樣的，做了什麼事之類的差別，並不能改變我今天的價值。今天我很開心。」

「……原來如此。」

或許真是這樣沒錯。我雖然不甘心，也不得不承認她說得對。

她在不久的將來會死，我也跟她一樣，總有一天會死，雖然不知道是什麼時候，但未來是確定的，我甚至有可能比她先死。

對死有自覺的人，果然說出來的話就有相當的深度。跟我並肩而行的她，在我心中的評價稍微上升了一點。

當然對她而言，我的評價完全無關緊要。喜歡她的人很多，她根本沒有時間搭理我。穿著足球隊制服從校門口方向跑過來的男生，看見她立刻臉色一亮就是明證。

她好像也注意到跑過來的男生，輕輕舉起手來。

「加油！」

「辛苦啦，櫻良！」

和我們擦身而過的足球少年，帶著爽朗的笑容跑開了。他確實也跟我同班，但卻連看也不看我一眼。

「那傢伙！竟然無視『知道秘密的同學』——，明天得教訓他一下！」

「沒關係！啊，不對，不要跟他說，反正我無所謂。」

我真的不在乎。我跟她是完全相反的兩種人，所以同班同學對待我和她的態度也截然不同，這是無可奈何的。

「真是的——，你就是這樣，所以沒有朋友啦！」

「雖然是事實，但不勞妳費心。」

「真是的——，你就是這樣！」

說著說著，我們已經走到校門口了。學校在我家跟她家之間，我們的方向相反，得在這裡跟她分手。真可惜。

「掰啦！」

「我剛剛說的話——」

我正毫不猶豫地要轉身時，她的話讓我停了下來。

她臉上愉快的表情像是想要惡作劇一般，我覺得自己臉上的表情可絕對稱不上愉快。

「要是一定要這樣的話，我僅存的餘生就讓『知道秘密的同學』幫忙也無不可喔！」

「什麼意思？」

「星期天，有空嗎？」

狂。」

「啊，抱歉，我要跟可愛的女朋友約會。那個女生一覺得被冷落就會抓

「騙人的吧？」

「騙人的。」

「那就星期天上午十一點，在車站前面集合。我會寫在《共病文庫》上的喔！」

她說完就揮揮手，朝著跟我相反的方向走去。根本從一開始就沒有必要徵得我的同意吧。

在她的身影前方，夏日天空仍舊是夾雜著些許天藍的橘黃粉紅，映照著我們。

我沒有揮手，這次真的轉身背對她走上回家的路。

嘈雜的笑聲消失了，天空的藍色慢慢增加，我順著一貫的路線前進。在我眼中一貫的回家之路和她眼中一貫的回家之路，一定每一步看起來都完全

不一樣。我是這麼覺得的。

我到畢業為止，一定都會繼續走這條路吧。

她還能再走同一條路多少次呢？

但是沒錯，正如她所說，我還能走這條路多少次也是個未知數。她看見的沿路風景和我所見的沿路風景，其實是不能不一樣的。

我觸摸脖子，確認自己還活著，配合心跳踏出步伐，感覺像是強行晃動脆弱的生命一般，讓人不禁難受了起來。

晚風吹來，讓活著的我得以分心。

我開始稍微願意考慮星期天是不是要出門了。

2

那是四月的事，晚開的櫻花還在綻放。

醫學在我不知道的時候進步了。詳細的情況我完全一無所知，也沒想要知道。

只能說，醫學至少已經進步到能使罹患重病活不過一年的少女，在不讓他人察覺的狀態下毫無異常地生活。也就是說，人能活得有個人樣的時間延長了。

我覺得分明有病卻能繼續活動，簡直就跟機器一樣。但我的感想對患了重病的人來說毫無意義。

而她也不受沒必要的念頭干擾，正好好享受著醫學的恩賜。

我這個同班同學，竟然得知了她的病情，只能說是她瞻前不顧後，運氣太差了。

那天，我沒去上學。之前我動了盲腸手術，回醫院去拆線。我的狀況很好，拆線也一下子就結束了。本來就算遲到也該去上學的，但大醫院總讓人等上很久，我壞心地想，既然這樣乾脆不去學校算了，於是就留在醫院大廳徘徊。

只是一時興起。大廳角落一張孤伶伶的沙發上放著一本書，不知是誰落下的。我一面心裡嘀咕，一面好奇不知道是什麼書，於是抱著喜歡看書的人特有的期待和興趣走了過去。

我在來看病的人之間穿梭，走過去坐在沙發上。看起來像是大約三百多頁的文庫本，外面包著醫院附近書店的書衣。

我取下書衣想看書名時，小吃了一驚。書店的書衣下不是文庫本的封面，而是用粗馬克筆手寫的「共病文庫」四個大字。當然我從來沒聽過這個書名或出版社。

這到底是什麼啊，我想不出答案，便順手翻開一頁看看。

映入眼簾的第一頁不是熟悉的印刷字體，而是工整的原子筆手寫字。也就是說，這是某人寫的文章。

『２０××年11月23日

從今天開始，我要在命名為共病文庫的這本冊子上，記錄每天的想法和行動。除了家人之外沒有其他人知道，我再過幾年就要死了。我接受這個事實，為了和疾病一起活下去而做紀錄。首先，我罹患的胰臟疾病，在不久之前還是一診斷出來，絕大部分的病人都會立刻死掉的重病之王。現在則是幾乎沒有什麼症狀……』

「胰臟……要死了……」

我嘴裡不由得吐出日常生活中從來不會發出的聲音。

原來如此，看來這是被宣告得了不治之症的某人和病魔纏鬥的日記。不，看來是和疾病共同生存的日記，顯然不應該隨便翻閱的。

我察覺這一點，闔上這本書時，頭頂上方傳來一個聲音。

「呃……」

我聽到聲音抬起頭來，心裡的驚訝沒有表現在臉上。我驚訝是因為我認識聲音的主人，之所以隱藏情緒，是因為我覺得她叫我可能跟這本書無關。

話雖如此，估計就算是我這種人，也不願承認自己的同學可能正面臨著即將死亡的命運吧。

我裝出「喔，是同班同學叫我啊」的表情，等待她把話說完。

她伸出手，好像在嘲笑我膚淺的期待。

「那是我的。『平凡的同學』，你來醫院做什麼？」

在這之前我幾乎沒跟她說過話，只知道她是同班同學，開朗活潑，個性跟我完全相反。因此，被我這種八竿子打不著的外人得知自己罹患重病，她竟然還能堅強地露出笑臉，讓我很是吃驚。

即便如此，我還是決定盡可能裝出不知情的樣子，覺得這對我和她來說都是最好的選擇。

「我之前在這裡割了盲腸，今天來做術後治療。」

「喔，原來是這樣。我是來檢查胰臟的。要是不給醫生看就會死掉喔。」

竟然有這種事。她立刻就粉碎了我的顧慮和用心。觀察著她莫測高深的表情，她在我身邊坐下，臉上的笑意更深了。

「嚇了一跳嗎？你看了《共病文庫》吧？」

她好像在介紹自己推薦的小說一樣毫不介意地說道。

原來如此，這是她策劃的惡作劇，只不過上鉤的碰巧是我這個同班同學而已。我心裡甚至這麼想。

「老實說……」

看吧，要說破了。

「嚇了一跳的人是我。我以為搞丟了，慌慌張張地來找，結果被『平凡的同學』撿到啦。」

「……這是怎麼回事？」

「什麼怎麼回事？就是我的《共病文庫》啊！你不是看了嗎？這是我自從發現胰臟生病了以後寫類似日記的東西。」

「……開玩笑的吧？」

這裡分明是醫院，她卻肆無忌憚地哈哈笑起來。

「你以為我的興趣有多低級啊。這連黑色笑話都算不上喔？上面寫的都是真的，我的胰臟不能用了，要不了多久就要死啦！嗯。」

「……喔，原來如此。」

「哎——，只有這樣啊？怎麼沒有再誇張一點的？」

她好像很遺憾似地叫起來。

「……沒有啊，同班同學跟你說自己馬上要死了，該怎麼回答才好？」

「唔──，要是我應該說不出話來吧！」

「是啊。光是我沒有說不出話來，妳就應該稱讚我了。」

「說得也是。」

她一面回答一面吃吃地笑。我完全不明白有什麼好笑的。

她從我手中接過那本書，站起來對我揮揮手，然後走進醫院裡面去了。臨走前，還拋下一句：「我對大家都保密，你不要在班上講喔。」

她既然這麼說了，我想以後應該也不會有所交集，心裡暗暗鬆了一口氣。

話雖如此，第二天早上，她在走廊跟我擦身而過的時候，卻跟我打了招呼，而且還自願當了每班沒有限定人數、本來只有我一個人做的圖書委員。

雖然不明白她的用意，但我天生是隨波逐流的個性，就老老實實地教了菜鳥圖書委員該做些什麼事。

我在星期日上午十一點站在車站前面的原因，回想起來，正是因為那本文庫本。這世上什麼會成為契機真的很難說。

我就像一艘無法逆流而上的草船，到頭來仍然沒有拒絕她的邀約；正確說來，是沒有機會拒絕，只好乖乖來到說好的地點。

其實，或許該直接放她鴿子，但這樣就成了我的不是，給她揪住小辮子之後她會怎樣可很難說。她跟我不同，是像破冰船一樣勇往直前開拓道路的人，草船跟她對抗顯然是不智之舉。

我比約定的時間早五分鐘來到雕像的前面，稍微等了一下，她就準時出現了。

自從那天在醫院之後，我已經很久沒有看見她穿便服的模樣。她穿著簡便的T恤和牛仔褲，帶著笑容走過來。我微微舉手招呼。

「早安，我還在想要是被放鴿子怎麼辦呢——」

「要是我說沒有這可能的話，就是說謊了。」

「結果ＯＫ呢。」
「這樣說好像也不太對啦。所以今天要做什麼？」
「喔，興致很高嘛。」
她在亮晃晃的陽光下露出令人難以置信的慣常笑容。順便一提，我當然沒啥興致。
「總之，去市中心吧。」
「我不喜歡人擠人。」
「『知道秘密的同學』有車錢嗎？要不要我幫你出？」
「我有錢。」
結果我一下子就屈服了，依照她的提議先去市中心。正如我所料，有各種店家的巨大車站人潮，多得足以讓怕生的人退避三舍。
她精神飽滿地走在我旁邊，完全不介意人潮的樣子。我不禁心生疑念——這個人真的馬上就要死了嗎？但她之前讓我看過各種正式的文件，毫無懷疑的餘地。

我們走出收票口，她在越來越多的人群中毫不猶豫地前進。總之，我盡量跟上她以免走散，來到地下層之後人少了一些，終於有機會詢問她今天的目的地。

「先去吃烤肉。」

「烤肉？還不到中午耶？」

「肉的味道白天跟晚上會不一樣嗎？」

「很可惜，我對肉的愛好，沒有強到能分辨因時間不同而有所差異的地步。」

「那就沒問題了。我想吃烤肉。」

「我十點才吃過早餐的。」

「沒問題，沒人討厭烤肉。」

「妳有跟我對話的意思嗎？」

好像並沒有。

反對也是白搭，待回過神時，我已經隔著炭爐跟她面對面坐著。真的是隨波逐流。店裡沒什麼人，光線有點昏暗，每個桌位各自有照明，讓我們毫無必要地清楚看見對方的臉。

不一會兒，年輕的店員就過來蹲在桌邊，準備替我們點菜。我不好意思點，她就好像背誦預習過的數學公式一樣噼哩啪啦地回答店員。

「要最貴的這種。」

「等一下，我沒那麼多錢。」

「沒關係，我請客。這種最貴的吃到飽，兩人份。飲料的話，烏龍茶可以吧？」

我不由自主地點點頭。年輕的店員彷彿是怕她改變主意，很快複誦了品項就離開。

「哇——，好期待喔！」

「……那個，錢我下次給妳。」

「沒關係啦！你不用介意，我付就好。我以前打工有存錢，存款不花白不花。」

在死之前。她雖然沒有說出來，但就是這個意思。

「這樣更不行。妳得花在比較有意義的事情上。」

「這很有意義啊！一個人吃烤肉一點也不好玩吧？我花錢是為了自己的樂趣。」

「但是——」

「久等了。先上飲料。」

就在我不爽的當下，店員恰好端著烏龍茶出現。簡直就像是她不想再提花錢的話題，故意把店員叫來一樣。她笑瞇瞇地望著我。

繼烏龍茶之後上了肉類拼盤，排得漂漂亮亮的鮮肉，老實說，看起來昂貴又美味。這就是所謂的油花吧。脂肪的模樣鮮明亮眼，好像不用烤也能吃。我腦中浮現種種可能會讓各色人等惱怒的念頭。

炭爐上的烤網夠熱了之後，她樂不可支地放上一片肉，伴隨著滋滋聲傳來的香味刺激著胃部。正在發育的高中生怎能對抗食慾？我也跟她一起把肉放在網子上烤了起來。高級的肉在高溫的烤網上一下子就熟了。

「我開動了——，唔！」

「我開動了。嗯，真好吃。」

「咦？就只有這樣？不是好吃得要命嗎？還是因為我馬上就要死了，所以比較容易感傷？」

不是，肉真的非常好吃，只不過興致有差而已。

「好好吃喔！原來有錢就能吃這種好東西呀——」

「有錢人就不會來吃到飽了。大概吧！」

「這樣啊——，這麼好吃的肉可以吃到飽，不來太可惜了。」

「有錢人什麼都可以吃到飽的。」

我分明沒有很餓，兩人份的肉卻一下子就吃光了。她拿起放在桌邊的菜單，考慮要加點什麼。

「叫什麼都可以嗎？」

「隨妳高興。」

隨妳高興。不知怎地，這話真適合我說。

她默默地舉起手，不知在哪看著的店員立刻走了過來。她瞥了一眼因為豁出去而稍感畏縮的我，望著菜單流暢地點菜。

「皺胃、可苦可樂[1]、鐵砲[2]、蜂巢胃、瘤胃、牛心、領帶[3]、牛雜、牛肺、牛百葉、胸腺。」

「等一下等一下等一下，妳叫的是什麼啊？」

妨礙店員的工作有點不好意思，但她連珠砲似地吐出陌生的詞彙，我不

＊注1：コブクロ，小袋（睪丸、陰囊），與樂團可苦可樂同名。

＊注2：テッポウ牛，直腸。

＊注3：ネクタイ，牛食道。

由得插嘴打斷她。

「可苦可樂？啥，CD嗎？」

「你在說什麼？啊，總之，剛才點的都一人份。」

店員聽到她的話，帶著微笑匆匆走開。

「妳剛是不是說了蜂巢？要吃蟲子嗎？」

「啊——，難道你不知道？可苦可樂和蜂巢都是牛的部位名稱喔。我喜歡雜碎類的——」

「是指內臟？牛身上有這麼有趣的部位名稱嗎？」

「人不也有嗎？笑骨*4之類的。」

「我不知道那在哪裡。」

「對了，胸腺也包括胰臟喔。」

「難道吃牛的內臟也是治療的一部份？」

「我只是喜歡內臟而已。要是有人問我喜歡什麼，我都回答內臟。喜歡的東西，內臟！」

「妳都自傲地這麼說了，我還能回什麼？」

「忘了叫白飯，要嗎？」

「不用。」

不一會兒，她點的內臟裝在大盤子裡送上來了，看起來的樣子比我料想中噁心得多，害我毫無食慾。

她跟店員點白飯，然後愉快地開始把內臟放在網子上烤，我沒辦法只好幫她。

「來，這個烤好了——」

我始終不伸手挾形狀奇怪的內臟，她決定助我一臂之力，把一塊滿是小洞的白色玩意放到我的小盤上。我從不浪費食物，只好戰戰兢兢地把那塊東西放進嘴裡。

---

*注4：ファニーボーン，funny bone，尺骨端。

「很好吃吧？」

老實說，我覺得口感很好也很香，比想像中好吃多了。但這好像正中她的下懷，讓我滿心不甘願，硬是不肯點頭。她露出一貫意義不明的笑容。

她的烏龍茶喝完了，我叫店員續杯，並且加點了一些普通的肉。

我主要吃肉，她主要吃內臟，我們就這樣慢慢地吃著。我偶爾吃一塊內臟，她就會帶著令人不爽的笑容望著我。這種時候，我會把她細心烤著的內臟吃掉，她就會「啊——」一聲懊惱地叫出來，我便稍微高興了一點。

我們還算愉快地吃著烤肉，她突然提起完全不合時宜的話題。

「我不想火葬。」

「妳說什麼？」

「就說啦，我不想火葬。我不想死掉以後被火燒。」

「這是適合一面吃烤肉一面閒聊的話題嗎？」

「燒掉了就好像真的從這個世界上消失了，不是嘛？不能讓大家把我吃掉嗎？」

「不要一面吃肉一面說屍體善後的話題好嗎？」

「胰臟可以給你吃喔！」

「妳有在聽我說話嗎？」

「外國好像有人相信把人吃掉以後，死人的靈魂會繼續活在吃的那個人裡面喔！」

看來她完全沒有聽我說話的意思，要不就是聽到了但充耳不聞。我覺得是後者。

「不能嗎？」

「……應該是不能吧——，這違反倫理道德。至於是不是違法得查一下才知道。」

「這樣啊——，真可惜。我沒法把胰臟給你啦。」

「我用不著。」

「不想吃嗎？」

「妳不是因為胰臟生病才要死的嗎？妳靈魂的碎片一定會留在那裡。妳的靈魂好像很會鬧的樣子。」

「說得也是。」

她愉快地哈哈笑起來。既然她活著的時候都這麼會吵，死了以後依附著靈魂的胰臟也不可能不喧鬧的。我才不要吃那種東西呢。

跟我比起來，她吃得可多了。牛肉、白飯和內臟都吃到哀嚎「啊——，撐死了」的地步。我吃到差不多八分飽就停了。當然我一開始就只點了自己能吃得下的份量，所以不會做出像她一樣又點了滿桌子小菜的蠢事。

吃完之後，店員收掉大量的空盤和不用了的炭爐，送上最後的甜點雪酪。她本來一直叫著「撐死了」、「好難受」，但看見甜點就又復活了。她把清爽的氣息送進嘴裡後，又開始生龍活虎，真令人難以置信。

「妳沒有飲食限制嗎？」

「基本上沒有吔。但這好像是最近十年醫學進步的結果。人類真是太厲害了。雖然生了病，但日常生活完全沒有受到影響。但我覺得這種進化應該朝治療的方向運用啦。」

「確實如此。」

我對醫學並不了解，但很難得地這次可以同意她說的話。我聽說過世界上的醫療並不是治療重病，而是讓人跟病魔對抗共存的說法。然而，應該進步的技術不管怎麼想都是治療，而不是跟疾病和睦相處。但我明白就算我們這麼說，醫學也不會照此進步。想讓醫學進步，只能進醫學院做特別的研究。當然她已經沒有這種時間了。而我則沒有這種意願。

「接下來要幹嘛？」

「你是說未來嗎？我沒那種東西喔！」

「不是啦！那個，我從之前就這麼想了，妳說這樣的笑話，難道不覺得我會很為難嗎？」

她吃了一驚，然後小聲地笑了起來。她的表情真是變化萬千，實在難以想像是跟我一樣的生物。然而，或許正因我們是不同的生物，所以命運不同也未可知。

「沒有啦，除了你之外，我也不會跟別人這樣說的。通常大家都會退避三舍吧？但是你真厲害，可以跟馬上就要死掉的同學正常地說話，要是我恐怕就沒辦法。就是因為你很厲害，所以我才把想說的話都說出來。」

「妳太看得起我了。」

真是的。

「我覺得不是吔。『知道秘密的同學』在我面前都沒有悲傷的表情。難道你會在家裡為我哭泣？」

「並沒有。」

「哭啦！」

我不可能哭，我不會做那種不該我做的事。我並不難過，更不會在她面前露出那樣的感情。她自己不在別人面前表露悲傷，其他人當然不應該替她這麼做。

「回到剛才的問題，接下來要幹嘛？」

「啊，改變話題了——，這下要哭了吧？接下來我要去買繩子。」

「沒哭好嗎。什麼繩子？」

「喔，你也會用這種有男子氣概的口吻說話啊，是想要追求我嗎？嗯，繩子，自殺用的。」

「誰會要追求馬上就要死掉的人啊。妳要自殺？」

「我只是覺得自殺也不錯，在被疾病殺掉之前自己先動手。但是，我現在應該不會自殺。繩子是買來惡作劇用的啦。是說『知道秘密的同學』太過份了！我搞不好會傷心而自殺喲。」

「惡作劇？一下子要自殺一下子不會自殺，亂七八糟的。總之，把話說清楚。」

「說得也是。你有女朋友嗎？」

「妳要怎麼樣把什麼話說清楚我並不真的想知道，不用說也沒關係。」

感覺她好像有話要說，我就先下手為強。帳單並不在桌上，我站起來跟店員說要結帳，被告知直接去櫃臺付錢。她也笑著站起來說：「走吧——」

看來她不是會死抓著話頭不放的人。這下子我發現了對自己有利的一點，也打算以後就用這招。

我們挺著吃撐的肚子離開烤肉店，回到樓上地面層。明亮的夏日陽光襲來，我不由得瞇起眼睛。

「天氣真好——，要在這種日子死嗎？」

我聽見她喃喃地說，完全不知該怎麼回答才好。總之，對付她最有效的手段就是不予理會，就像不能跟猛獸對上眼那樣的感覺。

在那之後我們稍微討論了一下，說是討論，大家也知道就只是她一個人喋喋不休，結果我們決定去跟車站連在一起的大型購物商場。那裡有出名的百貨零售中心，應該會有她想買的「自殺用的繩子」。沒啦，事實上並沒有那種東西。

不一會兒，我們就走到了購物商場，那裡人又多了起來，但零售中心裡賣繩子的地方一個人也沒有。會在這種天氣買繩子的人，一定不是業者就是牛仔，要不就是馬上要死掉的女孩子吧。

遠處傳來兒童喧鬧的聲音。我在離她稍遠的地方比較著釘子的大小，她叫住年輕的店員。

「不好意思，我要找自殺用的繩子，我不想留下痕跡，這樣應該選哪一種比較無傷？」

我清楚地聽見她腦袋秀斗的提問。我轉過身，看見店員臉上困惑的表情，不由得笑出聲來。一笑出來，我就發覺這是她故意講的笑話，立刻後悔不已。分明要自殺卻無傷，這是她的笑話。我跟店員都冷不防中了她的圈套，而我甚至還笑出聲來。我把不同大小的釘子一根根插回不一樣的位置洩憤，然後走向正在偷笑的她和不知所措的店員。

「對不起，她就快死了，所以腦筋不太清楚。」

不知道是我的話讓店員豁然開朗還是大吃一驚，總之，他就走開去做自己的事了。

「真是的，本來要讓店員介紹不同商品的，你不要來搗亂啊。難道你嫉妒我跟店員感情好？」

「那叫做感情好的話，就不會有人想把柳橙做成天婦羅了。」

「什麼意思？」

「這話完全沒有意義，所以就不要追問了好嗎？」

我本來是要惹毛她的，但她停頓了一下，就哇哈哈哈地笑得比之前還誇張。

不知怎地，她心情好得出奇，很快買了一條繩子，還買了上面有可愛貓咪圖案的袋子來裝。我們走出零售中心，她一面哼著歌，一面晃動裝著繩子的袋子，吸引了眾人誤解的視線。

「『知道秘密的同學』，接下來要幹嘛？」

「我只是跟著妳而已，並沒什麼特別的目的。」

「咦，這樣啊？你沒有想去的地方嗎？」

「一定要說的話，就書店吧。」

「要買書？」

「不是，我喜歡逛書店，未必一定要買書。」

「哎，怎麼好像是瑞典的諺語啊。」

「什麼意思？」

「這話完全沒有意義，所以就不要追問啦。嘻嘻——。」

她果然好像心情很好，我卻只覺得不爽。我們倆帶著截然不同的表情，一起走向購物中心裡的大型書店。到了書店我便不管她，逕自走向文藝新書區，她並沒跟上來。我一面瀏覽文庫本，一面享受難得的獨處時光。

我看了好幾本文庫的封面，翻閱開頭的部分，時間不知不覺就過了。雖然這種感覺愛書人都能理解，但並非所有人都愛書。因此，我看了一下手錶，帶著一點罪惡感在書店裡找她，她正笑著翻閱時尚雜誌。我覺得站著閱讀還能面帶微笑，真是太厲害了，要我就辦不到。

她察覺到我走近，我還沒出聲，她就轉過頭來望著我。我直率地道歉。

「對不起，把妳給忘了。」

「好差勁！但是沒關係，我也一直在看書。『知道秘密的同學』對時裝之類的有興趣嗎？」

「沒有。只要是不引人注目的普通衣服就好。」

「我想也是。但我可有興趣了。上了大學後，我要打扮得漂漂亮亮的。話雖這麼說，但我馬上就要死啦！人還是內在比外在重要。」

「妳表達的方式完全錯誤。」

我裝著若無其事的樣子環視四周，心想她的話可能會引人注意，但是周圍似乎並沒人在意一個口出狂言的高中女生。

我們都沒在書店買東西。事實上，在那之後我也什麼都沒買。離開書店後，她隨性逛了飾品店和眼鏡店，但是我們都沒花錢就出來了。結果她只買了繩子跟袋子。

我們走得累了，在她建議下，到全國連鎖的咖啡店休息。店裡雖然人多，但我們運氣不錯找到了位子。我去買兩人份的飲料，她坐著等。她要冰拿鐵。我到櫃臺點了冰拿鐵和自己的冰咖啡，放在托盤上端回桌位。她在等待的當口拿出了《共病文庫》，在上面振筆疾書。

「啊，謝謝。多少錢？」

「沒關係，烤肉我也沒出錢。」

「那是我自己要出錢的。好吧，就讓你請我喝咖啡。」

她愉快地把吸管插進杯子吸拿鐵。老是一直描述她愉快地這樣那樣可能是多此一舉，因為她無論何時，不管做什麼，都充滿了積極正面的態度。

「嘻嘻，別人看我們像是一對嗎？」

「就算看起來像，但事實上不是，所以無所謂。」

「哇，好冷淡啊！」

「只要想那麼看，所有性別不同的兩人組都能看成一對。光看外表妳也完全不像馬上要死了的樣子。重要的不是別人的評價，而是內在。妳剛不也說了嘛。」

「不愧是『知道秘密的同學』。」

她一面笑一面吸著拿鐵，空氣的聲音從杯子裡跑出來。

「所以，『知道秘密的同學』有女朋友嗎？」

「好了，休息夠了吧。」

「你的咖啡一口也沒喝不是嘛？」

看來同一招行不通了。我正要站起來，她抓住我的手腕。希望她不要用指甲。難道是因為我在烤肉店打斷她的話，所以生氣了嗎？我不喜歡惹惱別人，於是乖乖地坐下。

「怎樣？女朋友？」

「誰曉得。」

「這麼說來，我覺得我好像對你一無所知吔。」

「或許吧。我不喜歡講自己的事。」

「為什麼？」

「我不喜歡自我意識過剩，囉哩吧嗦地講些別人毫無興趣的事。」

「你怎麼知道別人毫無興趣？」

「因為我對別人毫無興趣。以前的人基本上都對自己以外的事物毫無興趣，當然也有例外啦。像妳這樣有特殊情況的人，我多少還是有點興趣的。但我本身並不是會讓別人產生興趣的人，所以沒興趣說對誰都沒用處的事情。」

我望著桌面的木紋，把平常腦中的念頭像攤在桌上一樣告訴她。這些論點一直都堆在心底蒙塵，當然也是因為沒人可說的緣故。

「我有興趣喔。」

我拂去念頭上的灰塵，重溫入手的經過和回憶，一時沒聽懂她說的話。我驚訝地抬起頭，她表情豐富的臉上明擺著一種情緒。就算是不善跟人往來的我，也能一眼看出她有點不高興。

「怎麼了？」

「我說我對你有興趣。我才不會約自己沒興趣的人出來玩呢。你不要把我當傻子。」

老實說，我不太明白她說的話。不明白她為什麼對我有興趣，也不明白她為什麼生氣，更別提我哪有把她當傻子。

「我有時候會覺得妳可能在犯傻，但卻沒有把妳當傻子喔。」

「你可能不是故意的，但是我不高興了！」

「啊，這樣啊……對不起。」

雖然我不明白，總之先道歉，我毫不吝惜採取對付生氣的人唯一最有效的行動。果不其然，她也跟其他生氣的人一樣，雖然仍舊嘟著嘴，表情卻漸漸和緩下來。

「要是你好好回答我，就原諒你。」

「……一點也不有趣喔。」

「我有興趣，跟我說。」

她不知何時滿意地嘴角上揚。我無意反抗，也不覺得就這樣乖乖被摸了順毛的自己很丟臉。我是草船。

「我不覺得我能回應妳的期待。」

「沒關係沒關係，快回答吧？」

「大概是從小學的時候開始吧，我就不記得我有朋友。」

「……你失憶了？」

「……妳果然可能是傻子。」

我真的這麼懷疑，然後想到她在這個年紀就患了絕症的機率，搞不好比我失憶的機率還低，所以她的說法或許也有道理。我打算撤回前言，對著明擺一臉不悅的她解釋。

「我的意思是我沒有朋友。所以當然也沒有妳說的女朋友。」

「一、直、都沒有朋友？不只是現在？」

「嗯，我對別人沒有興趣，所以別人也對我沒有興趣吧。反正對任何人都沒壞處，我覺得這樣就好。」

「你不想要朋友嗎？」

「難說。有朋友的話可能不錯，但我相信小說裡的世界比現實世界有趣多了。」

「所以你成天都在看書。」

「是啊。我無聊的故事就到此為止了。禮貌起見我也得問問，妳有男朋友嗎？要是有的話，就別跟我混了，現在立刻跟他在一起比較好。」

「有是有，不過，不久之前分手了。」

她說道，完全沒有難過的樣子。

「因為妳馬上要死了？」

「不是啦。我怎麼會跟男朋友說這種事啊！連跟朋友都沒說了。」

那為什麼當時跟我說了呢？其實，我不在意所以自然就沒問。

「他啊——，喔，你也認識的，就在我們班。我說出他的名字你可能也不記得吧，哈哈哈。他當朋友非常棒，但當戀人就不行了。」

「原來會這樣啊。」

我連朋友都沒有，完全不明白。

「會喔，所以我們就分手了。要是上帝一開始能貼上標籤就好啦。這個人專門當朋友，這個人可以當戀人。」

「要是能這樣的話我就輕鬆了。但人與人之間的關係是很複雜的，妳這種人好像會說不貼標籤比較有趣。」

我的意見讓她豪爽地哈哈笑了起來。

「的確好像會這麼說。嗯，我可能真是這麼想的。那我收回剛才的標籤，你還真瞭解我。」

「…………」

我想否認，但還是算了。可能是這樣也說不定，理由我想得出來。我瞭解她。

「……一定是因為我們相反。」

「相反？」

「我們是相反的兩種人。我完全想不到的事，妳八成一定會想到。照這樣說出來，就說中了。」

「真夠複雜的。這是小說的影響？」

「或許吧。」

真的沒必要也沒打算扯上關係的，跟我完全相反的人。

幾個月前，我跟她的關係僅止於同班，偶爾會聽到她吵鬧的笑聲而已。吵到讓對別人不感興趣的我，在醫院看到她的時候，就能立刻想起她名字的地步。那也一定是因為我們完全相反，腦袋裡某處被觸動了的緣故。

她一面喝拿鐵，一面愉快地說著「好好喝」之類的感想。我則默默地喝著黑咖啡。

「啊，好像真的相反耶——，你在烤肉的時候一直吃五花肉跟里脊肉，烤肉就是要吃內臟啊！」

「雖然比我想像中好吃，但還是普通的肉比較好。喜歡吃生物內臟的，是惡魔吧！在咖啡裡加糖加牛奶也是惡魔幹的事。咖啡本身就已經沒有缺憾了。」

「我跟你在吃東西的方面，好像很不合呢！」

「但我覺得不只是吃東西的方面就是了。」

我們在咖啡廳坐了約一小時，期間說的全都是些普通到極點的話。沒聊生、沒聊死、沒聊還能活多久，那到底聊了些什麼呢？主要是她講關於同班同學的閒話。雖然她想讓我對同班同學產生興趣，但她的嘗試終究還是失敗了。

我並不是對同學們無關緊要的失敗或單純的戀愛感興趣，只知道無聊故事的那種人。她一定知道我的想法，因為我也不是會隱藏自己感覺無聊的人。即便如此，她仍舊努力地說話，讓我多少對她產生了一些興趣。我從來不白費力氣，也討厭徒勞無功。

就在我們倆都覺得差不多可以回去的時候，我問了她一件我有點在意的事情。

「對了，那條繩子要用來幹嘛？妳不會自殺不是嘛？雖然妳說了要惡作劇什麼的。」

「我要惡作劇喔！雖然這麼說，但是我看不到結果啦。所以『知道秘密的同學』要幫我確認。我在《共病文庫》裡暗示了一下繩子，這樣一來，找到繩子的人，就會誤以為我要自殺對不對？這就是惡作劇。」

「品味真差。」

「沒關係沒關係，我會寫清楚其實是假的啦。先嚇人一跳，再讓人鬆一口氣比較好。」

「雖然這樣並不會讓一切好轉，但總聊勝於無。」

我很驚訝，她跟我完全相反的思考方式果然很有趣。要是我的話，根本不會在乎自己死了之後周圍的人有什麼反應。

我們從咖啡廳出來，朝車站走去，雖然人很多，還是設法擠上了電車，站著閒聊了一會兒，就回到了郊區。

我們倆都是騎腳踏車來車站的，便走去免費停車場各自牽了車，騎到學校附近，然後揮手道別。她說：「明天見」。明天不開圖書委員會，我覺得應該不會跟她說上話，但還是「嗯」地回應了一聲。

騎腳踏車回家的這條路，果然還是以後不知會見到多少次的同樣風景。

咦？突然間，覺得有點不可思議，一直到昨天都浮現在心裡，對死亡和消失無可避免的恐懼，現在略微沈澱了下來。估計是因為今天見到她的印象實在跟死亡離得太遠，剝奪了我對死亡的現實感吧。

這一天，有點難以相信她就要死了。

回到家裡，看書，吃了母親做的晚餐，洗澡，到廚房喝麥茶，對父親說：「你回來啦」，回房間想繼續看書，手機收到了簡訊。我基本上不用手機的簡訊功能，簡訊通知聲響讓我一時不知所措。我打開手機，簡訊是她傳的。這麼說來，因為圖書委員的工作聯絡需要，我跟她交換過號碼。

我躺在床上，閱讀著簡訊，其內容如下：

『辛苦啦——！試著發簡訊，收到了嗎？今天謝謝你陪我。(•∀•)y 真的非常開心喔(^○^) 要是你還能陪我做我想做的事的話，就太開心啦(^○^) 到死為止都好好相處吧！晚安啦(^○^) 明天見——』

我腦中浮現的第一個念頭是忘了給她烤肉的錢。明天一定不能忘記。我在手機的備忘錄上記了一筆。

我想簡單回她一下，又看了一次簡訊。

好好相處啊！

一般來說，在意的點都會是她開玩笑般的「到死為止」，但我在意的卻是後面的部分。

原來如此，我們關係好了啊！

回想今天一天，我們的交情確實好起來了也說不定。

我本來要把腦中的念頭傳給她的，但想想還是算了。跟她這麼說會讓我很不甘心。

我今天也有點開心呢！

我把這句話封鎖在心裡，傳給她的簡訊只寫了『明天見』這幾個字。我靠在床上打開文庫本。

跟我相反的她，現在在做什麼呢？

3

昨天晚上我睡著後，鄰縣發生了殺人案，好像是街頭隨機殺人，當然，從大清早開始，電視就一直播著相關話題的節目。

所以就算考試期間從今天開始，我想學校裡一定也都在討論這個案子。然而，至少我們班上沒有，但也沒人談考試，看來我的同班同學都在偷偷地議論對我不是什麼好事的話題。

也就是說，他們都想解開那個開朗活潑精神百倍、在班上大受歡迎的女生，為什麼跟班上首屈一指陰沈平凡的男生在放假日一起去喝咖啡的謎題。要是這個謎題有答案的話，我也想知道，但今天我一如以往，盡量避免跟同班同學接觸，於是他們也沒機會問。

情況姑且以圖書委員聚會之類的方向做總結；我沒參與討論，當然希望這件事就這樣收尾。然而，有個勇氣百倍、毫無顧忌的女生多嘴地大聲直接問她，她也多嘴地說了不必要的事。

「我們交情好。」

我知道同學們關心的焦點都在我身上，所以比平常更注意他們的談話，因此，我聽到了她多嘴到不行的回答。在那之後，也感覺到同學們的視線。當然我做出毫不在意的樣子。

考完一堂試之後，幾乎連話都沒說過的同學們全盯著我看，我承受著他們暗地的疑惑，仍然繼續不予理會。

唯一一次被迫參與，是在第三堂結束的時候，但那也立刻解決了。先前毫不顧忌直接問她的女同學，快步地走到我旁邊跟我說話。

「喏、喏——『平凡的同學』，你跟櫻良很要好嗎？」

她這麼問，我心想她一定是個好人。理由是其他同學都遠遠地作壁上觀。這位個性直爽的女生這次一定也是被利用來打前鋒的。

我很同情這個連名字都不記得的同學，便回答她。

「沒有啊。昨天剛好碰到而已。」

「喔——」

善良率真的女生接受了我說的話。

「我知道了——」

她說著走回其他同學那裡。

這種時候，我會毫不遲疑地說謊。我得自保，還得替她保密，這也是沒辦法的事。就算她只會多嘴說些毫無必要的話，但既然她和我見面的原因跟她得了不治之症這個最大的秘密有關，那應該也會替我圓謊吧。

眼前的難關就這樣度過了。第四堂考試結束，我覺得這次的成績應該也會比全班平均好一點。我沒有跟任何人說話，掃除完畢準備回家。既然沒事就早點回去。正要離開教室時，有人大聲叫住了我。

「等一下，等一下！『交情好的同學』！」

我回頭看見滿面笑容的她，跟滿臉驚訝望著我們的同學們，其實很想全都不理會，但迫於無奈只能無視後者，等她走過來。

「去一下圖書館吧，好像有工作要做。」

聽見她的聲音，不知怎地，全班好像鬆了一口氣。

「我沒聽說啊。」

「剛才我碰到老師他說的。你有事嗎？」

「沒有。」

「那就去吧。反正你也沒要唸書不是嘛？」

雖然我覺得她很沒禮貌，但這是事實。我跟她並肩走向圖書館。

我不想詳細說明之後在圖書館發生的事。簡而言之，就是她說謊了，而且她還跟老師串通好，圖書館分明沒事。我認真地問老師有什麼工作要做，她跟老師一起哈哈大笑。我本來立刻就要回家的，老師一面道歉一面端出點心，我就姑且原諒了他們。

喝了一會兒茶，圖書館今天要早點關門，我們就離開了。這時我才第一次問她為什麼要說這種沒意義的謊，我以為一定有什麼重大的理由。

「沒什麼。我只是喜歡惡作劇。」

這傢伙……我心裡這麼想。但要是在臉上表露出來，就正中了惡作劇者的下懷。我們走向鞋櫃的途中我打算絆她一下，她輕盈地越過我的腳，揚起一邊眉毛，一臉不爽。

「妳小心跟放羊的孩子一樣得到報應。」

「所以我的胰臟壞掉了啊，老天的眼睛是雪亮的呢！你可不能說謊喔。」

「沒人規定胰臟壞掉了就可以隨便說謊吧！」

「哎，是嗎？我不知道。對了，『交情好的同學』，你吃了中飯嗎？」

「當然沒吃。妳突然把我叫去不是嘛？」

我盡量以不悅的口氣說。我們走到鞋櫃處。

「那要怎樣？」

「去超市買點熟食回家吃。」

「沒東西吃的話就一起去吃吧。我爸媽今天都不在家，只給了我錢。」

「…………」

我換上鞋子，心想要立刻拒絕她的提議，但卻回答不出來，因為我無法找出拒絕她的明確理由。昨天感受到的「有點開心」干擾了我。

她穿好鞋子，踏了踏腳尖，伸了一個懶腰。今天天空有點雲，陽光沒有昨天那麼強。

「怎樣？我有死前想去的地方喔——」

「……要是又被同學看見就討厭了。」

「啊！這個！我想起來了！」

她突然大聲地說。我以為她又秀斗了，轉頭一看，她正皺著眉頭擺出不高興的表情。

「『交情好的同學』，你說你並沒跟我要好，對不對？週末的時候分明很要好的說。」

「嗯，我是說了。」

「昨天我簡訊也寫了，到死都要好好相處。」

「是不是真的無所謂吧。只是被同學們觀察也就罷了，我不喜歡他們來跟我說話，或是追問我。」

「不用蒙混也沒關係啊！昨天不是說過，重要的是內在嗎？」

「重要的既然是內在，蒙混過去也無所謂。」

「這不是在兜圈子嘛——」

「會這麼說也是考慮到要替妳保守生病的秘密，跟妳說的那種毫無意義的謊言不一樣。妳應該稱讚我，而不是生氣吧！」

「哼哼哼哼哼。」

她的表情像是百思不得其解的小孩一樣。

「我的方向果然跟你不合。」

「或許吧。」

「不只是食物方面，這個問題好像更加根深蒂固。」

「簡直像是政治議題。」

她又哇哈哈哈地笑著，看來心情又好起來了。她的單純和不計較，應該也是朋友多的理由吧。

「所以吃飯要怎麼辦？」

「……是可以一起吃，沒問題嗎？妳不跟其他朋友一起玩嗎？」

「我怎麼會跟人家約了再來找你呢？明天我跟朋友約好了出去玩。但是，只有跟你在一起不必隱藏胰臟的事，所以很輕鬆。」

「喘息的空間嗎？」

「對，喘口氣。」

「那我就奉陪吧，算是做好事。」

「真的？太好了。」

她要喘口氣，那就沒辦法了。就算被同班同學看見惹上麻煩，既然要做好事也無可奈何。她也需要喘息的空間吧，所以沒辦法。

對，我是草船。

「要去哪裡？」

我這麼問。她瞇著眼睛仰望天空，雀躍地回答。

「天堂喔。」

天堂。我難以相信在奪去高中女生性命的這個世界上有這種地方。

我走進店裡，終於後悔跟她一起來。但我明白這不該怪她，是我不對。我一直都盡量避免跟別人接觸，欠缺被別人邀請的經驗，因而沒有察覺到不好的預感。我完全不知道跟別人在一起，有時候對方準備的計畫會完全跟自己的意願不合，而且發現時已經太遲了。這就叫做，缺乏危機處理能力吧。

「怎麼啦？臉這麼臭。」

一看就明白她知道我很難堪，而且覺得很有趣。

我對她的問題有明確的回答，但反正說了也於事無補，就不回應了。我能做的，也只有下次不再犯下同樣的錯誤而已。

也就是說，我發現自己並不是混進只有女生的咖啡館這種粉紅色空間，就會喜不自勝的男生。

「這裡的蛋糕好好吃。」

進來之前，我就覺得有點怪怪的，但是並不在意。以前我從來沒來過這種地方，所以完全沒有警戒心，也沒想到竟然有這種顧客性別一面倒的餐飲店。我望向店員放在桌上的帳單，在印著「男性」的欄位上打了勾。我不知道是來店的男性客人很稀奇，還是男性的價位跟女性不一樣，但這兩者都說得通。

我們光顧的這家店好像是甜點吃到飽，店名是「甜點天堂」。現在對我來說，速食店比較像天堂。

我心不甘情不願地對掛著微笑的她說。

「喂！」

「怎麼啦？」

「不要一直笑瞇瞇的。妳是想變胖，還是想讓我變胖？連著兩天吃到飽是怎樣！」

「都不是。我只是吃我想吃的東西而已。」

「不愧是真理。原來如此，今天妳想吃甜食吃到死？」

「對。你吃甜食沒問題吧？」

「我不喜歡鮮奶油。」

「有這種人啊？那就吃巧克力蛋糕吧。很好吃喔！這裡不只有甜點，還有義大利麵跟咖哩，比薩什麼的。」

「這真是天大的好消息。披薩好好發音不行嗎？真討厭。」

「討厭起士嗎？」

我很想朝她開玩笑的表情潑冷水，不過我不喜歡給別人添麻煩，想到店員要來收拾，還是算了。但也不是說在路邊我就會這麼做就是了。

坐立不安的話正中她的下懷，我抱著既來之則安之的決心，起身跟她一起去拿食物。雖然今天是平日的中午，很多學校跟我們一樣已經進入考試期間，所以店裡擠滿了高中女生。我拿了些碳水化合物、沙拉、漢堡炸雞等回到座位上，她已經帶著愉快的表情坐在桌邊了，她的盤子上堆著大量的甜點。我不喜歡西洋甜點，看著有點噁心。

「對了，殺人案好可怕喔！」

開始吃了幾十秒，她就開口了。我鬆了一口氣。

「真好，今天完全沒人提起這件事，我還以為是我作夢呢。」

「大家都沒興趣吧？那裡好像是沒什麼人的鄉下。」

「妳會這麼說滿無情的。」

我覺得很意外。我雖然並不真的很瞭解她，但在我想像中，她並不會說這種話。

「我有興趣喔。我看了新聞心想：啊，這個人也沒想到會比我先死吧！但是——」

「我還是先問一下以防萬一。妳見過那個人嗎？」

「你覺得我見過？」

「妳覺得我這麼覺得嗎？不管了，所以呢？」

「嗯，我有興趣。但是，平常人對生啊死啊之類的都沒有興趣吧？」

「原來如此。」

她說得或許沒錯。平常人過著普通的日子，很少會意識到生死的問題。這是事實。每天都抱著生死觀過活的人，一定只有哲學家、宗教家，要不就是藝術家吧。

「面對死亡的好處只有一個，那就是每天都真實地感覺自己活著。」

「這比任何偉人的箴言都感人。」

「對吧？啊——，要是大家都馬上就要死了該多好。」

她吐吐舌頭。雖然她應該是開玩笑，但我卻認為她是認真的。言語這種東西的意義常常跟說出口的人無關，而是由聽到的人決定。

我吃著心型盤子上的蕃茄義大利麵，麵有點硬但是還滿好吃的。我突然想到吃的東西跟回家的路一樣，我的一口跟她的一口，本人感覺到的價值可能完全不同。

當然本來不應該有所不同，在犯罪者的一時興起之下可能明天就死掉的我，跟胰臟壞掉馬上要死掉的她，吃的食物不應該有價值上的差別才對。但要完全理解這點，一定是在死掉之後吧。

「『交情好的同學』對女生有興趣嗎？」

她鼻子上沾著鮮奶油，一臉不把生死觀放在眼裡的蠢相，看著很滑稽，所以我不告訴她。

「突然說這個幹什麼？」

「你在全是女生的店裡好像坐立不安，可愛的女生從旁邊走過，連看也不看一眼，我都立刻就看呢。你是同志嗎？」

看來她發現我坐立不安了。我決定要鍛鍊演技，看是我先變厲害還是她先死。

「我不喜歡待在不適合我的地方。而且盯著別人很沒禮貌，我不做這種事。」

「那我就是沒禮貌的人了。」

她鼓起面頰，鼻子上仍舊沾著鮮奶油，看起來更好笑了。簡直像是特別做出來給別人看的表情一樣。

「真是的，失禮啦！『交情好的同學』昨天說沒有朋友也沒有女朋友，那我想你起碼有過喜歡的人吧。」

「我並沒有討厭的人，所以人人都喜歡。」

「好啦好啦，我知道了。你有過喜歡的人嗎？」

她嘆一口氣，把炸雞送進嘴裡。她好像已經習慣怎麼應付我的胡說了。

「再怎麼樣，總單相思過吧？」

「……單相思。」

「就是不是兩情相悅。」

「這我知道。」

「既然知道就說啊！你單相思過嗎？」

我覺得自作聰明會惹上麻煩，她要是跟昨天一樣生起氣來我可受不了。

「嗯，我覺得好像有過一次的樣子。」

「就是這個，怎樣的女生？」

「妳知道要幹嘛？」

「因為我想知道啊。昨天你說你跟我相反，所以我也好奇你喜歡什麼樣的人。」

這種事情拿自己對照一下不就知道了，但是我不想把衡量價值觀的方法硬加在別人身上，所以就沒說話。

「怎樣的人啊——，對了，總是加上『先生』的人。」

「……先生？」

她皺起眉頭，抽抽鼻子，鮮奶油也跟著一起動作。

「對。中學的時候跟我同班，不管對什麼都加上『先生』的女生。書店先生、店員先生、魚店先生；對課本裡的小說家也是，芥川先生、太宰先生、三島先生；到後來連食物也這樣，蘿蔔先生之類的。現在想起來可能只是口頭禪，完全跟她是個怎樣的人無關，但當時我覺得這是不忘對所有東西表達敬意的作法。換句話說，就是溫柔高尚的表現。所以我對她的感情比其他的女生特別。」

我一口氣說完，喝了一口水。

「但是這算不算單相思就不知道了。」

我望著她。她沒有說話，只帶著笑容吃著盤子裡的水果蛋糕。她的笑意隨著咀嚼的動作變深了，我心想，這到底是怎麼回事。她支著一邊面頰，抬起眼睛望著我。

「怎麼了？」

「討厭啦。」她扭著身子說。「討厭，比我想像中還要出色，害我都不好意思了。」

「……啊，嗯，她可能是個出色的女生沒錯。」

「不是，我指的是喜歡她的理由。」

我不知該怎麼回答，只好學她吃著盤子裡的漢堡。這也很好吃。她不只是笑瞇瞇，簡直是笑嘻嘻地望著我。

「這段戀愛結果如何？但是你說過了沒有女朋友。」

「對。大家好像也覺得那個女生長得很可愛，她被班上個性爽朗又很帥的男生追走了。」

「哎，真是沒看人的眼光。」

「什麼意思？」

「沒什麼。原來你也曾經是抱著淡淡戀情的純真少年啊——」

「嗯，為了公平起見我也問一下，妳呢？」

「我有過三個男朋友。我先明說了，三個人都是認真的喔。常有人說中學生談戀愛只是玩玩而已，但那都是不肯對自己戀愛負責的混蛋。」

她熱切的語氣和表情咄咄逼人。我微微退縮，不善於應付熱情。

順道一提，以她的外表說有過三個男朋友一點也不奇怪。她幾乎不化妝，也不是會讓人回頭看的美女，但五官端正漂亮。

「喂，不要嚇到好嘛。」

「我沒嚇到啊。不過，鼻子有點討厭吧？鮮奶油。」

「咦？」

她沒聽懂，露出一副蠢相，這種表情說不定交不到男朋友。過了一會兒她終於會過意來，急忙摸了一下鼻子。我在她鼻子上的鮮奶油不見之前就站起來，我的東西吃完了。

我取了新的盤子在店裡繞圈，想吃一點甜食。幸好發現了我很喜歡的蕨餅，於是拿了一些，澆上旁邊的黑蜜。我望著黑蜜藝術般的流動線條，決定順便倒一杯黑咖啡。

我一面思考要是把她惹毛了的話，該怎麼應付，一面在高中女生間穿梭，走回桌位。然而，她跟我意料中相反，心情好得很。

只不過我沒法跟剛才一樣坐下。

我走近時她看見我，笑意更深了。

坐在我原本座位上的人察覺她的表情，也轉向我這邊。

「櫻、櫻良，妳說的朋友是『陰沈的同學』？」

我終於想起這個看起來比她稍微倔強一點的少女是誰了，這人確實常跟她在一起，她們好像是同一個運動社團的。

「對，恭子幹嘛這麼驚訝？啊，『交情好的同學』，這是我好朋友恭子。」

她滿面笑容，她的閨蜜滿面疑惑，我端著盤子和杯子觀望這一幕。這下子又惹出麻煩了，我在心中嘆息著。總之，先把蕨餅跟杯子放在桌上，然後坐下。不知是幸還是不幸，我跟她的桌位是可坐四個人的圓桌。我坐在面對面的兩個女生中間，不經意地看著她們。

「哎，怎麼，小櫻跟『陰沈的同學』交情好嗎？」

「嗯，莉香不是問過了嗎？問我們要不要好。」

她對著我微微一笑。她的笑容似乎更加助長了閨蜜同學的疑惑。

「但是莉香說櫻良是開玩笑的耶？」

「真是的──，那是因為『交情好的同學』不想引起騷動，所以蒙混過去的啦！莉香竟然比較相信他而不相信我，我們的友情到底算什麼啊？」

她開玩笑似的說法讓閨蜜同學完全笑不出來，反而往我這裡瞄。我沒有轉移視線，對她輕輕點點頭，她也對我點頭。我本來以為這樣就可以了，但不愧是她的閨蜜，只點頭招呼一下是不肯放過我的。

「喏、喏，我跟『陰沈的同學』說過話嗎？」

我覺得這問題很沒禮貌，但她似乎沒有惡意；就算有，我也不在乎。

「說過。之前在圖書館，我坐櫃臺的時候妳來過。」

她在旁邊聽著哈哈笑起來，插嘴說：「那不算說話喔。」

這是妳的價值觀而已，我心裡這麼想，但當事者閨蜜同學也喃喃說。

「我也覺得不算。」

好吧，這對我跟閨蜜同學都不重要。

「恭子不用回去嗎？妳的朋友不是在等妳？」

「啊，嗯，我要回去了。那個，小櫻，我不是有意見啦，只是問一問而已。」

閨蜜同學一直盯著她，也望了我一眼。

「連續兩天，而且是兩個人一起在這種只有女生和情侶的店裡，交情好是那個意思嗎？」

「不是啦！」

她自信滿滿地說，我則嚥下否定的言詞。兩個人都急著否定，在這種場合會給人不好的印象。

閨蜜同學露出鬆了一口氣的樣子，然後立刻帶著訝異的表情，輪流望著我們兩人。

「那算什麼？朋友嗎？」

「所以說交情好啊。」

「小櫻不要說了，妳有時候搞不清楚狀況。『陰沈的同學』，你跟櫻良只是普通朋友，對吧？」

不愧是她的閨蜜，很瞭解她。我思考著該如何處理飛來的流彈，選了最恰當的回答。

「算交情好吧。」

我同時看著兩張面孔，一張驚訝洩氣的臉，一張愉快微笑的臉。閨蜜同學故意嘆了一口氣讓我聽到，狠狠盯著她，拋下一句：「明天妳得好好說清楚。」然後跟她揮揮手走開了。

她明天約好的朋友就是這位吧！這次惹火焚身的不是我而是她，讓我很高興。至於明天開始又要受到同班同學的注目，我已經決定不管了，只要沒有實質危害，就睜一隻眼閉一隻眼算了。

「討厭，沒想到會碰到恭子。」

她又驚又喜地說，逕自拿了我盤子上的蕨餅吃。

「我跟恭子從國中就認識了。她個性很倔強，起先我覺得她有點可怕，但說上話之後立刻就要好了起來。她是個好人，『交情好的同學』也跟她好好相處吧。」

「……妳生病的事不跟閨蜜說，可以嗎？」

我明知這是潑她冷水，還是說了。她積極向上的多彩心情一瞬間泛白了。但我不是故意要傷害她的。

我只是覺得既然剩下的時間已經不多了，就應該坦誠地活下去，所以才問她的。我心想，她最後的時間跟比我重視她得多的閨蜜一起度過，絕對更有價值才是。以我而言，這算是很稀奇地為他人著想。

「沒關係沒關係！她其實很多愁善感的，要是跟她說了，每次見到我，她一定會哭的。那就一點也不好玩了吧？我已經決定盡量對周圍的人隱瞞，這是為了我自己。」

她的話和表情像是用意志力彈飛了我潑的冷水，這足以讓我不再多說。只不過從昨天開始就藏在我心裡的疑問，被她的意志力勾了出來，總覺得非問她不可。

「妳啊……」

「嗯？什麼？」

「真的要死了嗎？」

她瞬間面無表情。光是看到她這樣，就讓我覺得早知道不問較好。但是，我連後悔的時間都沒有，她就恢復了原狀，跟平常一樣表情變化萬千。一開始是笑容，然後是為難、苦笑、生氣、悲傷、接著又回到為難，最後她直視我的眼睛，笑著說。

「要死了喔！」

「……這樣啊！」

她比平常頻繁地眨著眼睛，笑了起來。

「我要死了呢！好幾年前就知道了。現在醫學很進步不是嘛？看得出來的症狀幾乎都沒有，壽命也延長了，但還是會死。說是大概再一年吧，不知道撐不撐得了那麼久。」

我並不特別想知道，她的聲音還是確確實實地傳到了我的鼓膜。

「我只能跟『交情好的同學』說。可能只有你能給我真相和正常生活吧。醫生只能給我真相。我的家人對我說的每句話都反應過度，實在很難說是正常。朋友們要是知道了一定也一樣。只有你知道了真相，還是正常地跟我往來，所以我跟你在一起很愉快。」

我的心好像被針刺了一樣痛了起來。因為我知道我並沒給她這些。硬要說我給了她什麼的話，恐怕只有逃避而已。

「昨天我也說了，妳太瞧得起我了。」

「不管這個，我們果然看起來像一對吧？」

「……妳這麼說有什麼用意？」

「沒什麼——」

她津津有味地叉起巧克力蛋糕送進嘴裡，果然怎麼看也不像馬上要死掉的人了。

我突然驚覺，所有的人都看起來不像馬上要死了。我自己、被殺人犯殺死的人和她，昨天都還活著，沒有人露出要死的樣子過活。原來如此，所有人的今天價值都相同，可能就是這個道理。

我陷入沈思，她好像告誡我般，說道。

「不要擺出這種複雜的表情，反正你也會死。我們在天國見吧！」

「……說得也是。」

沒錯，以為她對活著這件事抱著感傷只是我的自以為是，因為我確信自己不會比她先死的傲慢。

「所以跟我一樣多多積德喔！」

「也是。妳死了的話，我就信佛吧！」

「就算我死了，你也不許對別的女生出手喔！」

「不好意思，我跟妳只是玩玩而已。」

哇哈哈哈哈，她一如以往豪爽地笑起來。

我們吃得飽飽的，各自付了帳，走出店外，今天就此回家。甜點天堂離學校步行有點距離，本來我們要騎腳踏車的，但先回家拿車太麻煩又花時間，所以就照她的提議穿著制服走過來了。

歸途我們倆沿著國道碎步前行，沐浴在已經西斜的陽光下。

「天氣熱也很好啊！這可能是最後的夏天了，非得好好享受不可。接下來要做什麼呢？說到夏天，你第一個想到什麼？」

「西瓜冰棒吧。」

她笑了。我覺得她好像一直在笑。

「不是西瓜？」然後，「還有呢？」

「剉冰。」

「都是冰啊！」

「那說到夏天，妳會想到什麼？」

「我還是會聯想到海邊、煙火以及祭典吧。還有，就是一個夏天的Adventure！」

「妳要去挖黃金嗎？」

「黃金？為什麼？」

「Adventure不就是冒險嗎？」

她故意嘆了一口氣，兩手手掌攤平朝上，搖搖頭。這大概是驚愕的姿勢，但看起來卻比較像惱火。

「不是那種冒險啦！夏天、冒險，知道是什麼意思吧？」

「起個大早去抓獨角仙嗎？」

「我明白了。『交情好的同學』是笨蛋。」

「一到某個季節，腦子就被戀愛支配才是笨蛋呢。」

「你很清楚嘛！真是的！」

她臉上掛著汗珠瞪著我，我不禁移開視線。

「已經這麼熱了，不要故意為難我。」

「妳不是說天氣熱也很好嘛？」

「一個夏天淡淡的戀情。一個夏天的過失。既然是高中女生，就多少該有這種經歷吧？」

淡淡也就罷了，過失不太好吧。

「既然活著就該談戀愛。」

「一輩子有過三個戀人很夠了吧？」

「怎麼說呢，人心不是能用數字表達的。」

「乍聽之下好像很深奧，仔細想想這話根本沒有道理。簡而言之，就是妳還想交男朋友吧！」

我隨口這麼說，本以為她也會回我玩笑話，但我錯了。

她突然停下腳步，陷入深思。在毫無預警的情況下，我持續往前比她多走了五步，才轉身看她在幹什麼。大概是發現路上有一百日圓的硬幣吧。但她卻站在原處直直望著我，雙手背在背後，長髮隨風飄揚。

「怎麼啦？」

「要是我說我想交男朋友，你肯幫忙嗎？」

那是想試探我的表情，簡直像是硬裝出意味深長的表情一樣。

這表情的意義、她的話中含意，不善與人交際的我完全不明白。

「幫忙是幫什麼忙？」

「……唔，沒什麼。」

她搖搖頭，再度邁步前進，走到我旁邊時我瞥了她一眼，剛才的意味深長已經被一貫的笑容取代。我越來越搞不懂了。

「難道是要我介紹朋友給妳的笑話嗎？」

「不是。」

「那到底是怎樣？」

「沒關係啦。反正不是小說，你要是以為我說的每一句話都有意義就大錯特錯啦。沒什麼意思的。『交情好的同學』該多跟別人往來。」

「……這樣啊。」

我覺得自己好像被迫接受了她的說詞，既然沒有意義，那特意否定不是很奇怪嗎？我心裡這麼想但沒有說出口，沒說出口是因為我的草船精神。總覺得她散發出不允許繼續這個話題的氛圍。總之，是不善與人交際的我的感覺，難說到底是對是錯。

我們在學校附近的路上分道揚鑣，她揮著手大聲說。

「那我決定下次要做什麼再告訴你喔——」

不知何時，事情就變成我一定會參加她的活動了，但我沒有追究這點，只對她揮揮手轉過身。我可能覺得事已至此，乾脆一不做二不休了。

回家後想了又想，仍舊不明白當時她的表情和那些話到底是什麼意思。

大概到死也明白不過來吧！

4

《共病文庫》說穿了就是她的遺書，我是這麼解釋的。她在那本全新的筆記本上，將日常發生的事情和感想寫下來，記錄的方式看來有她自己的規則。

要說是怎樣的規則，據我所知，第一就是並非每天都有記錄。某天發生了值得在自己死後留下軌跡的特別事情，或某天有了特殊的感想，她才會記錄在《共病文庫》上。

第二，除了文字之外，她不在《共病文庫》上留下任何其他的訊息。比方說繪畫、圖表之類的，她似乎覺得這些不適合文庫本，所以《共病文庫》上只有黑色原子筆的字跡。

然後，就是她在死前決定不對任何人公開《共病文庫》。除了我因為她的疏忽這種不可抗力看到了一開始的第一頁之外，她生命的記錄沒有任何人看過。她好像跟父母說過死後要讓所有親近的人閱讀，所以不管她現在怎麼運用，上面的訊息都要在她死後才會讓周圍的人得知。所以這果然還是她的遺書。

因此，在她死前本當沒有人能影響這份記錄，也不會受到這份記錄的影響，但我曾經對《共病文庫》提過一次意見——那就是我希望我的名字不要出現在《共病文庫》上。

理由其實很單純，因為我不想在她死後受到她雙親和朋友無謂的質問和指責。

我們一起當圖書委員的時候，她曾經說過《共病文庫》裡會有「各色人等登場」，在那時候我就正式拜託過她。她說：「是我要寫的，我愛怎麼寫就怎麼寫。」說得很有道理，我就不再堅持了。她還加上一句：「越不讓我寫我越想寫」，她死後會發生什麼麻煩事我就不管了。

所以我的名字可能會在跟烤肉和甜點相關的記錄上出現，但去過甜點天堂之後的那兩天，《共病文庫》裡應該沒有我的名字。

理由是因為那兩天我跟她在學校連話也沒說過一句。這並不奇怪，我跟她在教室的活動模式原本就完全不同，毋寧說烤肉跟甜點的日子是例外。

我去學校，考了試，默默地回家。可以感覺到她的朋友和其他同學的視線，但我跟自己說沒有必要介意。

這兩天真的沒有什麼特別。一定要說出兩件小事的話，其一就是我默默掃走廊的時候，平常瞥都不瞥我一眼的同班男同學來跟我搭話。

「喲，『平凡的同學』，你在跟山內交往嗎？」

這種措辭實在太不委婉，反而讓人覺得很爽快。我心想，搞不好這位同學對她有好感，所以把搞錯對象的怒氣發在我頭上，但從他的樣子看來不是這麼回事。他的表情沒有一點陰鬱的樣子，一定只是個充滿好奇又愛管閒事的傢伙。

「沒有。絕對不是。」

「這樣啊？但是你們去約會了，不是嘛？」

「只是碰巧一起吃飯而已。」

「原來如此。」

「你幹嘛問？」

「嗯？啊，難道你以為我喜歡山內？不、是、啦！我喜歡文靜的女生啦。」

我並沒問他，他卻毫不在乎地劈哩啪啦說個不停。她不是文靜的女生，這點我很難得地跟他意見相同。

「這樣啊。沒有啦，班上大家都在說吔！」

「大家搞錯了，我不在乎。」

「真是成熟——，要吃口香糖嗎？」

「不要。拿一下畚箕好嗎？」

「我去拿。」

每次打掃的時候他都偷懶，我以為會被拒絕的，沒想到他真的乖乖拿來了。可能他只是不知道掃除的時間該幹什麼，有人教他就會做也說不定。在那之後他就沒再追問。

這兩天跟平常不一樣的事，這是第一件。

跟同班同學說話並不討厭也不愉快，但另一件不尋常的事情雖說是小事，卻讓我有點鬱悶——原本夾在文庫本裡面的書籤不見了。

幸好我記得看到哪裡。但書籤不是書店的免費贈品，是我以前在博物館買的薄薄的塑膠製品，不知道什麼時候搞丟的。反正是自己不小心，怪不得別人，我陷入了久違的鬱悶。

雖然因為這種小事心情不好，但這兩天對我來說。仍舊跟平常一樣。我的平常一向都很平靜，也就是說，並沒有被不久人世的女生給纏住。

平常開始崩壞是在星期三晚上。我正享受著最後的「平常」時，收到了一通簡訊。

當時並沒有察覺事情開始出現異狀的人，不管我願不願意，就是登場人物吧。小說裡知道第一章是哪個場面的只有讀者，登場人物什麼也不知道。

簡訊的內容如下：

『考試辛苦了！明天開始就放假了呢(^○^)我就直接說了。你有空嗎？反正一定有空吧？我想搭車去遠行！(･∀･)y你想去哪裡？』

雖然被別人妄下斷語讓人有點不爽，但我的確有空，也沒有拒絕的理由。於是回覆她。

『去妳死前想去的地方就好。』

當然，這讓我之後自食惡果。把事情的決定權交到她手上會有什麼後果，我早該料想到的。

她繼之傳來了指定時間和地點的簡訊。地點是縣內數一數二的大車站，時間則早得有點怪，但我想是她一時高興，便不以為意。

我只回了她兩個字，她立刻就傳來當天最後的簡訊。

『不遵守約定絕對不行喔——』

就算對象是她，我本來也就不是不遵守約定的人。我回傳了『沒問題』，然後就把手機放在桌上。

先把梗說破好了，「約定」這個詞完全是她的陷阱。陷阱是我的解釋啦。我以為她說的「約定」是指明天出遊，其實不是。她說的「約定」，是指我所說的「去妳死前想去的地方就好。」我失言了。

第二天一大早，我到達會合地點時，她已經到了。她背著從來沒背過的天藍色背包，戴著從來沒戴過的草帽，簡直像是要去旅行一樣。

她看見我一臉驚訝，連招呼都沒打，就說。

「你也太輕便了吧！只帶這些？換洗衣物呢？」

「……換洗衣物？」

「嗯——，算了，到那邊買就好。應該有UNIQLO吧。」

「……那邊？UNIQLO？」

我第一次開始覺得不安。

她不顧我的懷疑跟問題，看著手錶反問。

「早餐吃了嗎？」

「吃了麵包。」

「我還沒吃。去買好嗎？」

沒問題啊，我點點頭。她笑著大步朝目的地走去。我以為她要去便利商店，但她去了便當店。

「咦，要買火車便當？」

「嗯，在新幹線上吃。你要不要？」

「等下等下等下等下等下。」

她興致盎然地望著陳列的各種便當，我抓住她兩隻手腕，把她拉離收銀台。收錢的歐巴桑寬容地笑望著我們。我望著她，她掛著一副我幹嘛這樣的錯愕表情讓我驚愕。

「該有這種表情的人是我吧！」

「怎麼啦？」

「新幹線？火車便當？妳給我說清楚，今天打算做什麼？」

「就說了搭車去遠行啊。」

「搭車是新幹線？遠行是要去到哪裡？」

她好像終於想起來的樣子，把手伸進口袋裡，拿出兩張長方形的紙片。

我立刻就明白是車票。

她遞了一張給我，我驚愕地睜大了眼睛。

「哎，妳開玩笑吧？」

她哇哈哈哈地笑起來，看來是認真的。

「這裡不能一日往返，還是重新考慮吧。」

「……不是不是，『交情好的同學』，不是這樣啦。」

「太好了，果然是開玩笑。」

「不是，不是一日往返啦。」

「…………啥？」

接下來我們的對話實在太沒建設性，所以省略。

總之，最後就是我被打敗了。

她堅持己見，我設法說服，她使出昨天的簡訊那張王牌，咬定我基本上不會不遵守約定這點。

當我回過神時，已經坐在新幹線上了。

「啊——啊。」

我眺望著窗外流逝的景色，不知該不該接受眼前的現狀。她在我旁邊津津有味地吃著炊飯便當。

「我是第一次去——，『交情好的同學』去過嗎？」

「沒有。」

「不用擔心，我為了今天買了旅遊雜誌。」

「喔，這樣啊。」

隨波逐流也該有個限度吧，我斥責自己。

順便一提，新幹線的車票錢跟烤肉一樣都是她出的。她雖然說不必介意，但我也有自己的尊嚴，不還她不行。

我心裡想著要不要去打工，她把蜜柑遞到我面前。

「要吃嗎？」

「……謝謝。」

我接過蜜柑，默默剝皮。

「無精打采呢！難道你不想搭我的順風車？」

「沒有啊，搭了呢。妳的順風車，還有新幹線，我正在反省呢。」

「怎麼這麼鬱悶，旅行要開開心心的啊！」

「與其說是旅行，不如說是綁架吧。」

「與其省視自己，不如看我吧。」

「所以妳說這種話，到底是什麼意思啊！」

她吃完便當，毫不在意地蓋上蓋子，用橡皮筋圈住，顯然是生活中習以為常的俐落手法。

我無意指責她散發出的現實感跟實際狀況的差異，只默默地一瓣瓣吃著蜜柑。這是她在小賣店買的，意外地又甜又好吃。我望向窗外，外面是一片平常看不到的田園風景。我看見田間的稻草人，不知怎地，決定抵抗也是白費力氣，還是認命算了。

「對了，『交情好的同學』全名叫什麼啊？」

她一直在我旁邊翻旅遊雜誌研究當地名產，突然有此一問。蒼翠的山脈讓我心情平和下來。我直接回答她。這個名字並不怎麼稀奇，她卻充滿興趣地頻頻點頭，然後低聲叫了我的全名。

「有名字跟你很像的小說家，對吧？」

「對，雖然我不知道妳想到的是誰。」

我想起自己的姓和名，分別聯想到的兩個作家。

「難道是因為這樣才喜歡小說？」

「雖不中亦不遠吧。一開始閱讀確實是因為這樣，但喜歡看小說是因為覺得有趣。」

「唔——，你最喜歡的小說家跟你同名？」

「不是。我最喜歡的是太宰治。」

她聽到文豪的名字，有點意外地睜大了眼睛。

「太宰治，寫《人間失格》的那個？」

「對。」

「你喜歡那種陰沈的作品啊。」

「小說的氣氛確實有點鑽牛角尖，可以感覺到太宰治的精神透過文字傳達出來，但不能以陰沈兩字下斷語就是了。」

我很難得有興致解釋，她卻意興闌珊地嘟起嘴來。

「嗯——，反正我沒有要看。」

「妳好像對文學沒什麼興趣。」

「是啊！沒興趣。但是我看漫畫。」

應該是，我心想。這不是好壞的問題，而是我無法想像她靜靜地閱讀小說的樣子。就算是看漫畫，她也一定在房間裡東摸西摸，發出各種聲音吧。

繼續對方沒興趣的話題毫無意義，轉而問她我在意的問題。

「妳爸媽竟然答應讓妳出來旅行，妳用了什麼手段？」

「我說要跟恭子出去旅行。只要說我在死前想做什麼，我爸媽通常都會含著眼淚答應。但是跟男生出去旅行是有點那個啦——，不知道他們會有什麼反應，所以——」

「妳真是太過份了，這樣利用妳爸媽的感情。」

「那你呢？你怎麼跟令尊令堂說？」

「我不想讓我爸媽擔心，騙他們說我有朋友，要住在朋友家。」

「好過份，好可憐喔！」

「妳不說，這樣不傷害到任何人嗎？」

她愕然搖搖頭，從腳邊的背包裡拿出雜誌。害我不得不跟親愛的爸媽說謊的人就是她好嘛，這是什麼態度啊。

她翻開雜誌，趁此良機，我也從包包裡拿出文庫本，專心閱讀。從一大早就應付非日常的一切讓我疲累，還是委身於故事中獲得心靈上的慰藉。

我這麼想著的時候，會不會就是她來干擾我平靜的伏筆呢？到底是誰害我這樣成天疑神疑鬼的啊。接下來我重要的時間並沒有被任何人打攪。專心看了一小時的小說，看到一個段落時，突然發覺我的平靜並未被打攪。望向旁邊，她把雜誌擱在肚子上，睡得很舒服的樣子。

看著她的睡臉，我心想要不要在她看不出罹患重病的健康肌膚上塗鴉，但還是算了。

在那之後，一直到新幹線到達目的地前她都沒有醒來，到達之後也沒有醒來。

這種說法好像是她短暫的一生就在新幹線中結束了一樣，但其實她只是沒睡醒。有不吉利的誤會可不好。

我輕輕地捏她的鼻子，她哼了幾聲，但沒有醒來。我使出殺手鐧，用橡皮筋彈她毫無防備的手背，她才誇張地蹦起來。

「你可以叫我啊！」

說完，就一拳打在我肩膀上。我好心叫她起來竟然得到這種回報，真是難以置信。

幸好這裡是新幹線的終點站，我們得以拎著行李悠閒地慢慢下車。

「第一次登陸！哇，有拉麵的味道！」

「是妳多心了吧？」

「絕對有！你鼻子壞掉了吧？」

「幸好不像妳腦子壞掉了。」

「壞掉的是胰臟啦！」

「這招必殺技過於卑鄙，從現在開始禁止使用。太不公平了。」

「那，『交情好的同學』也練個必殺技吧？」

她笑著說。話雖如此，但我近期並沒有預定罹患重病，便慎重地拒絕。

從月台搭長長的電扶梯下去，來到琳瑯滿目的土產店跟休憩處的樓層。這裡好像剛剛改裝過，充滿清潔感的空間我很喜歡。

我們搭上往地面層的電扶梯，終於出了查票口。走出去的瞬間我大吃一驚。真的假的？我懷疑自己的感官，空氣中正如她剛才說的一樣，有拉麵的味道。怎麼會有這種事？這要是事實的話，那就能說某府有醬汁的味道，某縣有烏龍麵的味道吧。我還沒去過那些地方，不能否定有此可能，但真有某一種料理能這樣侵蝕人類的正常生活嗎？

她在我旁邊，我不用看也能想像她一定正滿面笑容，所以我絕對不看。

「好啦，要去哪裡？」

「嘻嘻嘻嘻嘻嘻嘻，哎？」

真夠鬱悶的。

「啊，要去哪裡呢？去看學問之神吧。但是，在那之前要先吃中飯。」

這麼一說，我也覺得肚子餓了。

「我想還是吃拉麵好了。如何？」

「我不反對。」

她在人來人往的車站裡大步往前走，我跟了上去。她的步伐毫不遲疑，看來好像是要去在新幹線上看的雜誌裡提到的店。我們往下到地下層，又走到車站外面，意外地，很快就到達位於地下街的拉麵店前。在麵店附近的台階就能聞到獨特的香味越來越濃，我的憂慮稍微減輕了一點。店外的牆上貼著著名美食漫畫到此地取材的報導，看來不是什麼奇怪的店，我這才放心。拉麵很好吃，點餐之後上菜速度很快，我們狼吞虎嚥地吃完了。兩人都利用了加麵的制度，店員詢問麵的硬度時，我聽到她說「鋼絲」，便很有禮貌地吐了槽。沒想到竟然有這種硬度分類，我如此無知的丟臉事實，幸好沒別人知道。順便一提，「鋼絲」只是把細麵條在熱水裡過一下的程度而已。

吃飽之後，我們立刻搭上電車。她想造訪的學問之神的神社搭電車約三十分鐘，雖然沒必要趕路，但這次旅行的主人翁想快點去，我只好乖乖從命。

我在電車上想起某處看到的情報，便開口說。

「這個縣好像治安不太好，最好小心一點，聽說有不少槍擊事件。」

「是嗎？但哪個縣都一樣啊。我們鄰縣不久之前不是才發生過殺人案。」

「新聞已經沒在報了。」

「警方在電視上說隨機殺人魔好像最難抓到。俗話說，好人不長命，禍害遺千年啊——」

「不是這種層面的問題吧。」

「所以你會活下來，我卻要死啦。」

「我現在才知道格言根本靠不住。好好記著啦。」

電車真的三十分鐘後把我們送到了目的地。天氣晴朗得讓人不爽，只是站著不動就汗流浹背。我本來以為沒帶換洗衣物沒關係，看來待會還是去一下UNIQLO比較好。

「天氣好——好——」

她帶著要跟太陽爭輝般的笑容，踏著輕快的步伐登上通往神社的坡道。

雖然是非假日的中午，通往神社境內的參道仍舊人潮洶湧，兩旁有土產店、雜貨店、餐飲店，還有販賣奇怪T恤的小店，看著就很有趣。特別吸引我們目光的是好幾家名產餅店，美味的香氣刺激著鼻腔。

她不時會走進店裡去看，雖然結果什麼也沒買，但賣方也明白她只是看看，所以可以安心地享受逛街的樂趣。

我們滿頭大汗終於爬上參道，我先去自動販賣機買飲料。販賣機設立在刺激購買欲的絕妙地點，雖然敗給了商人的手段很不甘心，但理性在口渴這種生死攸關的生理需求前，只得敗下陣來。

她甩著汗濕的長髮，仍舊掛著笑容。

「好青春喔！」

「天空是很藍，但不是春天……好熱。」

「你有參加運動社團嗎？」

「沒有。出身高貴的人不用運動的。」

「不要小看高貴的人。要運動啊！你跟我這病人一樣滿頭大汗不是？」

「這多半跟運動不足沒啥關係。」

周圍的人估計也到達了體力的極限，毫不顧忌地坐在樹蔭下的人多得是。今天好像特別熱。

我們仗著年輕和補充水分免於脫水症狀，繼續往前走。洗了手，摸了發熱的牛雕像，望著在水裡浮游的烏龜，走過小橋，終於來到學問之神的面前。為什麼途中還碰到牛，我閱讀了說明，但熱得要命便忘記了，她則一開始就完全沒有閱讀的意思。

我們站在神明的錢包奉納箱前面，往箱子裡丟了適當的香火錢，好好地行禮兩次，拍手兩次，再行禮一次。

我在哪裡讀過，參拜並不是要跟神明祈求，參拜本來的目的，是在神明面前表達決心。即便如此，我現在並沒有什麼決心，無可奈何之下，只好幫一下身邊的她了。我做出不知道不能祈求的樣子，跟神明許了願。

——希望她的胰臟能好起來。

回過神來，我發現她默禱的時間比我還久。明知道不會實現的願望，許起來一定比較容易吧。或許她許的是完全不同的願望也未可知，但我並不打算問她。祈願是一個人默默做的事。

「我希望能在死前都精神飽滿。『交情好的同學』呢？」

「妳總是踐踏我的感情呢。」

「咦，難道你許願我越來越衰弱？太過份了！我看錯你了！」

「我幹嘛希望別人不幸啊。」

其實我許的願望跟她的預測完全相反，但我沒告訴她。話說，這裡不是學問之神嗎？也罷，神明是不會計較這種小事的。

「喏，我們去求籤吧！」

她的提議讓我皺起眉頭，因為我覺得她的命運跟籤無關。籤上面寫的是未來的事情，而她卻沒有未來。

她跑到求籤處，毫不遲疑地在箱子裡丟了一個百圓銅板，抽了一張籤。

我無可奈何也抽了一張。

「求到好籤的就贏了。」

「妳把求籤當成什麼啦？」

「啊，大吉吔！」

她高興的樣子讓我啞然無語。神明到底是怎麼看她的呢？這證明了求籤根本沒有意義。還是這算神明溫柔地對待已經抽到大凶的她呢？

她大聲叫起來。

「啊哈哈哈哈哈哈哈哈！快看快看！『疾病終會痊癒』吔！根本治不好的說！」

「……妳高興就好。」

「你呢？」

「吉。」

「小吉的下面嗎？」

「也是大吉的下面啊。」

「不管怎樣都是我贏啦！嘿嘿。」

「妳高興就好。」

「上面寫著良緣將至。真好啊！」

「要是真的覺得好，幹嘛用這種口氣說話。」

她歪著頭靠向這邊，在至近距離笑起來。分明只要不開口就很可愛啊。我不禁這麼想，然後又覺得自己實在太愚蠢了。

我別開視線，聽見她嘿嘿嘿嘿地笑著。她光顧著笑，什麼也沒有說。

我們走出本殿，沿著來路回去。我們沒有走上來時的小橋，沿著左邊繞過去，經過寶物殿跟叫做菖蒲池的水塘。池塘裡有好多烏龜。我們在小賣店買了烏龜的食物灑到池塘裡。望著烏龜緩慢的動作，暑氣似乎稍微消散了一些。我專心地餵烏龜的時候，她好像去跟小女孩搭話了。看著她溫柔的態度，再度覺得我跟她實在完全相反。

「姐姐，那是妳男朋友嗎？」小女孩問。

「不是喔！是好朋友喔——」她說。小女孩完全混亂了。

餵完烏龜，我們沿著池塘邊走，來到一家餐廳，在她的提議下我們稍事休息。店裡冷氣很足，我們不由得呼出一口氣。寬敞的店裡除了我們之外，還有三組顧客，有一家人、高雅的老夫妻，和四個有點吵鬧的歐巴桑。我們坐在窗邊的榻榻米座位上。

不一會兒，和善的店員阿婆就送來兩杯水，問我們要點什麼。

「兩個梅枝餅。我要喝茶，你也喝茶嗎？」

我點點頭。店員阿婆微笑著走到店後面。

我喝著冰水，感覺身體的溫度漸漸下降，清涼的感覺一直傳到指尖，真舒服。

「那個點心叫做梅枝餅啊！」

「是名產喔！雜誌上有寫。」

我們根本還沒開始等，店員阿婆就送來用紅盤子裝著的梅枝餅和兩杯綠茶，還說：「久等了。」這裡要先付帳，我們分別把錢給了店員。

似乎是店裡常備的白色圓餅，外皮薄薄鬆鬆，一口咬下，裡面溢出的紅豆內餡香甜又略帶鹹味，非常好吃。搭配綠茶很適合。

「好好吃喔！跟著我來沒錯吧。」

「還可以啦。」

「真是不坦率。這樣的話，我不在了，你就又一個人囉？」

「……………」

無所謂，我是這麼想的。對我來說，現在的狀況才是異常。她不在的話，我只不過回到原來的生活而已。不跟任何人接觸，藏身於小說的世界裡。只不過回到那樣的日常，這絕對不是什麼壞事。但是我並不想要讓她理解。

吃完梅枝餅，她一面喝茶一面把雜誌攤在桌上。

「接下來要做什麼？」

「喔，你興致很好啊。」

「反正我在新幹線上看見稻草人的時候，就決定一不做二不休了。」

「這樣啊，不知道你在說什麼。我把死前想做的事情列了清單呢。」

很好。這樣的話，就會發現跟我在一起是浪費時間吧。

「跟男生一起旅行啊，在發源地吃豚骨拉麵，這次旅行這些都一併實現了。總之，今天我最終的目的是晚上吃牛雜鍋。要是能實現的話，就可以高呼萬歲了。『交情好的同學』還有想去的地方嗎？」

「沒有，我對觀光地點基本上沒有執著，我反正也不知道哪裡有什麼。昨天簡訊也說了，去妳想去的地方就好。」

「嗯——，這樣啊！要去哪裡呢…………啊！」

她突然驚叫出聲。原因是店裡傳來器皿破碎的聲音跟粗野的悲鳴。我們望向聲音來處，看見一直喧鬧的四個歐巴桑之一的胖女人歇斯底里地喊叫。店員阿婆在她旁邊低頭道歉。看來是店員阿婆不知怎地絆了一下，失手打翻了茶杯。陶製茶杯摔碎的聲音，讓正煩惱著接下來要做什麼的她嚇了一跳。

我觀察著眼前的狀況。店員阿婆一直道歉，但被茶水濺到的歐巴桑，歇斯底里卻越演越烈，那副模樣簡直稱得上發狂了。我望向對面，她也正喝茶旁觀。

我本來期待事態能圓滿收場，但跟我的期待完全相反，怒火高漲的歐巴桑兇狠地猛推店員阿婆。被推的阿婆撞到身後的桌子，跟桌子一起倒在地上。桌上的醬油瓶跟免洗筷散落一地。

看到這一幕，仍舊決定繼續旁觀的只有我。

「喂！」

她以我從來沒聽過的大嗓門叫喊，並從榻榻米座位上下來，跑到阿婆身邊。

果不其然，我心想。一言以蔽之，我只想當旁觀者，她卻想成為當事人；我把自己當成鏡子映照一切，她則一定挺身面對。我就知道會是這樣。

她一面扶起阿婆，一面朝敵對的女性大吼，當然對方也不甘示弱。但這就是她真正的特質吧。店裡其他客人，一家子的爸爸跟那對老夫婦都站起來，開始聲援她。

承受各方責難的歐巴桑們，除了當事者之外也都滿面通紅，嘴裡喃喃抱怨，像逃難似地離開店裡。敵人撤退後，阿婆跟她道謝，其他人也讚美她，我則仍舊在喝茶。

她把倒下的桌子扶起來，回到座位。我跟她說：「妳回來啦」。她好像生起氣來，我以為她要斥責我置身事外，但並非如此。

「那個歐巴桑突然把腳伸出來，阿婆才絆到的。真是太過份了！」

「是吧。」

世上有認為旁觀者跟加害者同罪的想法。倘若如此，那我跟那個歐巴桑同罪，無法嚴厲譴責她。

她來日不多，卻熊熊燃燒著正義的怒火。我望著她，心想，真是好人不長命，禍害遺千年。

「比妳早死的好人多得很。」

「真的呢！」

她的同意讓我不禁苦笑。果然她不在了的話，我就獨自一人了。

離開店裡的時候，阿婆跟她道謝，送她六個梅枝餅。她一開始婉拒，但在阿婆的堅持下就愉快地收下了。我也吃了剛烤好沒多久的梅枝餅，享受不同的溫潤口感。這樣也很好吃。

「總之，去市中心吧，反正得去找UNIQLO。」

「說得也是，沒想到會流這麼多汗。真是不好意思，在妳死前我一定會還的，可以借我錢嗎？」

「哎，不要。」

「……妳真是惡魔，到地獄去跟鬼套交情吧！」

「哇哈哈哈，騙你的啦，開玩笑開玩笑。不用還沒關係。」

「不行，妳付的錢我全部要還。」

「真是頑固。」

我們搭上電車，回到原來出發的車站。電車裡很安靜，老人們打瞌睡，小朋友們聚在一起小聲地開作戰會議，她在我旁邊看雜誌，我心不在焉地眺望窗外。時刻已近黃昏，但夏日的天空仍舊明亮。一直明亮下去就好了——每到這個時辰，我就會一時興起冒出這種念頭。

早知道跟神明祈求這個就好了，我一個人喃喃自語。她在我旁邊闔上雜誌閉著眼睛，就這樣一直熟睡到我們下車的車站。

到了車站，人比白天多得多，我們夾在放學的學生和下班的上班族中悠閒地走動。我覺得本地人走路的速度比其他地方的人快，治安不好的縣裡，大家都想避開麻煩吧。

我跟她討論了一下，決定去縣內最熱鬧的商店街。用手機搜索了一下，那裡好像也有UNIQLO。後來查了之後又發現，其實從神社那裡到市中心的車站不用出站就可換車，但被強行拉來的我不可能事先調查，而她則不是會在意這種細節的人。

我們搭地鐵前往目的地。

晚上八點，天已經全黑。我們坐在可以放腳的榻榻米座位，吃著熱氣蒸騰的火鍋。這道本地名菜只放了牛雜、包心菜跟韭菜，味道讓原本斷定肉比內臟好吃的我說不出話來。當然，她一直吵個不停。

「活著真好啊——」

「真是至理名言。」

我喝著自己碗裡的湯，細細品味。真好喝。

到了商店街後我們先逛街，去了UNIQLO，然後隨便走走。她說要買太陽眼鏡就去了眼鏡行，我則看見書店就走了進去。在陌生的地方逛街自有樂趣，無意經過公園追鴿子，在代表本縣的名產店裡試吃點心，時間一下子就過去了。

天色開始變暗時，本地人去成排的稀奇路邊攤，我瞥著他們，一面走向她看中的牛雜火鍋店。不知道是因為今天不是假日，還是我們運氣好，店裡雖然很熱鬧，但我們立刻就有位子。

「都是托了我的福。」她得意地說。

我們沒有預約，什麼也沒有，所以絕對不是托了她的福。

吃飯的時候我們幾乎沒說話，她一直在稱讚火鍋，我則默默地咋舌。不需無聊的會話，得以好好享受餐點，面對美食就必須如此。

她又開口說些廢話時，正是店員把中華麵下到已濃縮精華的火鍋湯裡的時候。

「這樣我們就是一起吃火鍋的伙伴啦。」

「難道妳的意思是吃同一鍋飯那種感覺？」

「不只這樣喔。我都沒跟男朋友一起吃過牛雜鍋呢。」

她嘻嘻嘻嘻地笑著。笑的方式跟平常不一樣，可能是因為酒精的緣故。她分明是高中生，卻公然叫了酒。她毫不膽怯地點了，店員也毫不驚訝地接受了，送上一杯白酒。根本應該報警的。

她的心情異常地好，比平常多說了自己的事。我與其自己開口，反而比較喜歡聽別人說話，所以剛好。

不知怎地，就說到了她的前男友，正好也是我們的同班同學。

「他人真的非常好。嗯，真的。他來跟我告白，我心想他是個好人，又是朋友，跟他交往應該沒問題吧。但問題就在其實不是這樣的。你看，我說話很直白不是嘛？我這樣他馬上就會生氣，吵起架來，他就會一直生氣，要是普通朋友還好，但一直在起就很討厭了。」

她喝了一口酒，我只默默地聽著毫無共鳴的話。

「恭子也很喜歡我的前男友。表面上是個爽朗青年啦。」

「跟我應該完全扯不上關係。」

「是啊。恭子對你也敬而遠之。」

「妳不覺得說這種話會傷害到我嗎？」

「你受傷了嗎？」

「沒有。我也對她敬而遠之，所以扯平了。」

「但是我死了以後，希望你能跟恭子好好相處。」

她態度一變，直視著我，看起來是說真的，我沒法子只好回答。

「我會考慮。」

「拜託啦。」

她加上了意味深長的一句話。我本來想著反正不可能好好相處的，但她讓我動搖了。稍微動搖了。

吃完牛雜鍋走出店裡，夜風迎面而來，讓人神清氣爽。店裡雖然開著冷氣，但好多火鍋咕嘟咕嘟地滾著，幾乎沒什麼作用。她付了帳在我身後出來。我跟她說好了，一起旅行的條件，就是這次的費用我一定要還給她。

「哇——，好舒服——」

「晚上還很涼快。」

「是啊！那麼，現在去飯店吧。」

今天住的地方我白天就問過她了。那裡是可以從我們搭新幹線抵達的車站直達的高級飯店，在縣內也很有名。她本來要住簡單的商務旅館，但把計畫告訴雙親之後，他們說既然要來就住好的地方，出資贊助了她。當然，她爸媽出的錢一半是給她的好朋友，但這責任在她，不關我的事。

回到車站果然立刻就抵達飯店。我並不是以為資訊是假的，只是比我想像中更近而已。

我已先從她的雜誌中確認過，所以飯店豪華優雅的裝潢沒嚇到我。要是沒有心理準備的話，肯定會嚇破膽吧，然後她就會完全佔了上風。我那一丁點的自尊心無法允許這種事情，看過書面事先嚇過一跳真是太好了。

雖然免於五體投地，但完全不合拍的氣氛仍舊讓我不自在。我讓她去櫃臺辦入住手續，自己坐在高雅大廳的沙發上乖乖等待。沙發又深又軟，坐起來很舒服。

她輕鬆自然地走向櫃臺，員工都跟她行禮。這傢伙長大絕對不好惹，我心裡充滿確信。然後又想起她不會長大了。

我拿出完全不適合這裡的寶特瓶喝茶，從旁看著她辦入住的樣子。接待她的是一位把頭髮全部往後梳，看起來就像飯店從業人員的削瘦年輕男子。我想像著飯店從業人員的勞心勞力。

她在手邊的紙上開始寫字，我從這裡聽不到他們說的話，她把紙遞回去，櫃臺人員帶著笑容開始在電腦上輸入，確定了預約內容後，他禮貌地跟她說話。她驚訝地搖頭，她的反應讓櫃臺人員也緊張起來，再度開始操作電腦，一面跟她說話。她再度搖頭，把背包卸下，從裡面拿出一張紙遞給他。

櫃臺人員拿著那張紙跟電腦畫面比對，皺著眉頭走到裡面。她跟我一樣無奈地等待。年輕男子帶著一位年長男性回來，兩人不斷對她低頭致歉。之後那位年長男性帶著滿滿的歉意跟她說話，她為難地笑起來。

看著這一幕，心想到底發生什麼事了。最可能的情況是因為飯店的疏失沒有預約，但這樣無法解釋她為難的笑容。不管怎樣，飯店方面都應該設法解決吧。我決定不用驚慌，最糟就是到網咖之類的地方等天亮而已。

她帶著為難的笑容瞥向這邊，我不由自主地點點頭，這並沒有特別的意義。但她望著我的反應，對櫃臺後眉梢下垂的兩個人說了些什麼，那兩人立刻臉色一亮，雖然仍舊低下頭，但這次好像是跟她道謝。我心想，問題解決了就好，但數分鐘之後我很想揍自己。之前說過好多次了，我缺乏危機處理的能力。

她接過了類似鑰匙的東西，櫃臺人員又對她鞠躬，她走回我這裡。我抬頭望著她的面孔說。

「辛苦妳啦。」

她以表情回答了我的關切。先是嘟著嘴露出羞赧困惑的樣子，然後好像觀察我的臉色似地眨著眼睛，最後決定豁出去般笑起來。

「那個，他們出了一點差錯。」

「嗯。」

「原來預定的房間客滿了。」

「這樣啊。」

「對。因為責任在他們，所以換了比原先預定更好的房間。」

「那很好啊。」

「那個……」

她把手上拿的鑰匙舉起來。

「我們住一間，可以吧？」

「……啥？」

我對著她的笑臉，連半句俏皮話都回不出。

我已經厭倦了這種你來我往。要是有人能讀出我的心思，應該就知道接下來會有什麼發展。總之，我在她的逼迫下，跟她住進同一間房間。

不想被當成意志力薄弱、隨隨便便就跟異性同房的輕薄男子。我跟她之間有所謂的金錢糾葛，她抓住這點，我甚至說了可以自己去住別的地方。

我到底是在跟誰辯解啊！對，辯解。我可以採取強硬態度，跟她分開行動。這我應該還辦得到，而她也不會勉強阻止吧。但是我並沒有這麼做，這是我自己的意志。理由嗎？怎說呢，我也不知道。

總而言之，我跟她同住了一間房。話雖如此，完全沒有見不得人的地方，我一輩子都可以這麼說。我們之間清清白白。

「睡在同一張床上真的好緊張喔！」

嗯，只有我是清白的。

「說什麼蠢話啊？」

她在光線柔和的水晶吊燈下像跳舞一樣轉圈圈，然後說了奇怪的話。我瞪著她。西洋風格的寬敞房間裡有一張大床，還有高雅的沙發。我坐在沙發上，告訴她一件理所當然的事。

「我睡這裡。」

「哎——，難得有這麼好的房間，當然要睡在床上好好享受啊——」

「那我待會兒在上面躺看看就好了。」

「你不高興能跟女生一起睡嗎?」

「請不要說這種讓我顯得很沒品的話,我是徹頭徹尾的紳士。這種話妳跟男朋友說吧!」

「就是因為不是男朋友,這樣好像在做壞事,不是很有趣嘛?」

她這麼說著,好像突然想起了什麼,從背包裡拿出《共病文庫》,記了一筆。我觀察到她常常這麼做。

「好——棒——喔——按摩浴缸耶!」

我聽到她在浴室裡高興地喊叫,我打開落地窗,走到陽台上。我們的房間位於十五樓,雖然還不到套房的程度,但對高中生來說已經奢侈得要命了。廁所跟浴室是分開的,陽台看出去的夜景非常壯觀。

「哇!好漂亮——」

不知何時,她也走到陽台上看夜景。微風吹拂著她的長髮。

「兩個人一起看夜景,你不覺得很浪漫嗎?」

我沒有回答，逕自回到房中，坐在沙發上，拿起放在前方圓桌上的遙控器打開大電視，開始切換頻道。電視上很多平常看不到的當地節目，強調方言的綜藝節目比她的玩笑有趣多了。

她從陽台進來，關上落地窗，越過我面前到床邊坐下，接著「喔喔喔喔」地叫起來，從她的樣子看來，床應該很有彈性。好，晚點我體驗一下也沒壞處。

她跟我一樣看著大電視。

「方言真的好有趣喔。『吃了唄——』好像以前的武士。四周都這麼先進，只有方言卻保留古風，真是不可思議。」

她很難得地說了有意思的話。

「要是能從事方言的研究工作，應該滿有趣的。」

「真是稀奇，我跟妳意見一致。我也開始覺得上了大學唸這方面很不錯。」

「真好，我也想上大學。」

「……妳要我說什麼才好。」

她不是說笑，而是帶著感傷這麼說。我希望她不要這樣，但我也不知道自己該有什麼感覺。

「沒有關於方言的豆知識嗎？」

「好吧。對我們來說，關西方言聽起來都一樣，但其實有不同的種類。妳覺得有幾種？」

「一萬種！」

「……怎麼可能有那麼多，這樣隨便亂猜是會被討厭的喔！雖然說法不一，但據說實際上有將近三十種。」

「啊，也不過如此。」

「……妳到現在為止，到底傷害了多少人啊？」

她交遊廣泛，數也數不清吧！真是個罪孽深重的人。在這方面我沒有朋友，不會做出傷害別人的事。但怎樣做人才正確，估計各有不同的判斷。

她暫時沈默地看了一會兒電視，最後還是沒法忍耐坐著不動，在大床上滾來滾去的，然後大聲宣言。

「我要去洗澡！」

她到浴室去放浴缸的水。水聲的背景音樂隔牆傳來，她從背包裡取出各種小東西，到跟浴室分開的洗面台去梳洗。大概是卸妝吧。我沒興趣啦。

浴缸放好水之後，她興致高昂地消失在浴室裡。

「不可以偷看喔！」

我得到了一句愚蠢的警告。我連她走進浴室的樣子都沒看，因為我是紳士。

浴室傳來她哼歌的聲音，聽著很耳熟，大概是什麼廣告歌曲吧。我回想著自己為什麼會陷入同班同學在隔壁洗澡的現狀，同時也自我反省。

抬頭望著天花板，水晶吊燈在眼角閃閃發光。我回想在新幹線上被她打的時候，她叫了我的名字。

「『交情好的同學』，幫我從背包裡拿洗面乳來，好嗎——」

她的聲音在浴室裡迴盪。我沒有多想，起身拿起她放在床上的天藍色背包，打開看裡面。

我完全沒有多想。所以眼前的景象，讓我的心像地震般地動搖。

跟她一樣明亮顏色的……背包。看見裡面的東西，完全沒必要也沒理由動搖，但心臟卻狂跳個不停。

我分明知道的，分明瞭解的。這是她之所以存在的前提，但我看見還是倒抽了一口氣。

不要驚慌……。我對自己說。

背包裡有好幾個針筒，和我沒見過的這麼多的藥丸，還有完全不知如何使用的檢查儀器般的東西。

我設法阻止了自己思考停止。我早就明白的，這是現實。她倚靠著醫學的力量才活著的事實。但呈現在眼前就感覺到無法言喻的恐怖。我壓抑的怯懦立刻就冒出頭來。

「怎麼啦——？」

我轉向浴室的方向，她毫不知情地揮舞著濡濕的手臂。我不想理解自己心中萌生的感情，急急找出條狀洗面乳，遞到她手上。

「謝謝——我現在光著身子！」

我沒有回話，她還搶著先吐槽：「你說話啊！好丟臉喔！」然後浴室的門就關上了。

我走到被她佔領的床邊，倒在床上，跟想像中一樣彈性良好的床墊包覆著我的身體，白色的天花板好像要把我的意識都吸進去似的。

我好混亂。到底是怎麼了。

我分明知道的，我分明瞭解的，我分明明白的。

但我還是轉移了視線。

不忍直視她這個現實。

事實上，我只不過看見了現實的具體化，就幾乎要被毫無道理的感情所支配。心靈好像要被怪物吞噬了一般。

為什麼？

沒有答案的問題在腦中反覆迴盪，我開始覺得頭暈目眩。不知不覺間，我在床上睡著了。醒來的時候，她搖著我的肩膀，頭髮濕濕地披著。怪物已經不知道上哪去了。

「你果然想睡在床上。」

「……我說了啊，躺一下試試看而已。已經夠了。」

我從床上起來，過去坐在沙發上。我不想讓她察覺怪物的爪痕，盡量面無表情地看著電視。我還能平靜地這麼做，自己安心地鬆了一口氣。

她用房間裡的吹風機吹乾長髮。

「『交情好的同學』也去洗澡吧。按摩浴缸好舒服——」

「好啊。不要偷看喔。我洗澡的時候會把人皮脫掉。」

「曬黑的那層？」

「嗯，就是這樣。」

我拿起裝著跟她借錢買的UNIQLO衣物的袋子，走進浴室。裡面空氣潮濕，充滿甜甜的香氣。明智的我跟自己說是多心了。

為了保險起見，我把門鎖上，脫掉衣服先淋浴，洗頭洗澡，然後泡進浴缸裡。正如她所說，按摩浴缸讓人充滿說不出的幸福感，心底殘留的怪物腳印好像都沖刷掉了。泡澡的力量真是偉大。我花了很長的時間，盡量享受接下來十年可能都無緣相會的高級旅館泡澡體驗。

洗完澡出來，水晶燈已經關掉了，房裡略感昏暗。她坐在我打算睡的沙發上，圓桌上放著剛才還沒有的便利商店的袋子。

「我到樓下的便利商店買了零食。你到那邊的架子上拿杯子過來好嗎？兩個。」

我照她的吩咐拿了兩個杯子，放在桌上。沙發被佔了，我坐在桌子另一端品味高雅的椅子上。椅子也跟沙發一樣很有彈性，坐起來很舒服。

我心滿意足地坐下，她把便利商店的袋子放在地上，從裡面拿出一個瓶子，往兩個杯子裡倒出琥珀色的液體，杯子半滿後，她又換了一瓶透明的碳酸飲料，這次倒到幾乎要滿出來為止。杯中兩種液體混合成謎樣的飲料。

「這是啥？」

「梅酒加汽水。這樣的比例應該可以吧？」

「我在火鍋店就這麼覺得了，分明是高中生還這樣！」

「這不是耍帥喔，我喜歡酒。你不喝嗎？」

「……沒辦法，就捨命陪君子吧。」

我小心地把斟滿的梅酒端到嘴邊。很久沒嚐到的酒精香氣清爽，但喝起來卻很甜。

她非常美味地喝著梅酒，一面把買來的零食放在桌上。

「洋芋片你喜歡什麼口味？我喜歡高湯味。」

「除了薄鹽之外都不上道。」

「我真的跟你方向完全不合呢！我只買了高湯味的——活該！」

一面看著興高采烈的她，一面喝的酒，果然很甜。本來吃牛雜鍋已經很飽了，但看到零食還是想吃，真不可思議。我喝著酒，喀喳喀喳地吃著邪魔歪道的高湯味洋芋片。

兩個人都喝完一杯後，她開始倒第二杯時提議。

「玩點遊戲吧。」

「遊戲？難道要下將棋？」

「將棋我只知道規則而已，你好像很會下。」

「我很喜歡詰將棋[*5]，因為一個人就可以下。」

「也太冷清了吧。撲克牌的話我有帶。」

＊注5：詰め將棋，日本將棋的一種。

她走到床邊，從背包裡拿出一盒撲克牌，

「兩個人打撲克牌才冷清呢。像是要玩什麼呢？」

「大富豪[*6]？」

「一再發動革命的話，就沒有國民了喔。」

她愉快地哇哈哈哈哈哈笑起來。

「嗯！」

她把撲克牌從塑膠盒子裡拿出來，一面洗牌一面搖晃身體，好像在動什麼腦筋。我沒有說話，吃著她買的百奇棒。

她洗了五次牌，突然停下動作，看來像是想到了好主意頻頻點頭，彷彿是在稱讚自己，然後用發亮的眼神望著我。

「既然我們在喝酒，那就卯起來玩『真心話大冒險』吧！」

從沒聽過的遊戲名稱讓我皺起眉頭。

「這名字也太有哲學意味了。」

「你不知道嗎？那就一面玩一面說明規則吧。第一、也是最重要的規則，絕對不可以中途棄權。知道了嗎？」

「也就是說，下將棋的時候，不能把棋盤掀翻的意思吧？好啊，我不會做出這種掃興的事。」

「你說的喔？」

她帶著惡作劇般的邪惡微笑，把桌上的零食放在地上，熟練地把手裡的撲克牌面朝下攤成圓形。她的表情一看就知道打算用經驗的差距把我打趴，我鼓足氣勢，決定要挫挫她的銳氣。沒問題，撲克牌遊戲大部分都是靠思考和運氣，只要知道規則，經驗應該沒什麼用的。

「順便一提，只不過因為剛好有撲克牌所以就拿出來用了，其實猜拳也可以的。」

「……把我的氣勢還來。」

＊注6：日本撲克牌遊戲。

「已經吃掉啦。現在從這些牌裡選一張，然後對方也選一張。數字大的就贏了，贏的人就獲得權利。」

「什麼權利？」

「發問的權利。看是真心話，還是大冒險。這麼說來，要玩幾次呢？十次好了。總之，你選一張牌。」

我照她所說的選了一張牌翻開——黑桃八。

「要是數字一樣花色不同呢？」

「麻煩死了，那樣就重來吧。剛才我也說過了，這些規則都是隨便編的，跟遊戲本身沒有什麼關係啦。」

這次她一面喝梅酒一面選牌——紅心老J。我搞不清楚到底是怎麼回事，但情況顯然不利，我提高了警覺。

「好棒，那我有權利了。現在我問『真心話還是大冒險？』你要先說『真心話』。好，真心話還是大冒險？」

「真心話……？」

「那首先，你覺得我們班上哪個女生最可愛？」

「……妳突然問這什麼啊！」

「這是『真心話大冒險』的遊戲喔！要是你不想回答的話，就要選『大冒險』。選大冒險的話，我就會指定一個題目讓你冒險。真心話或大冒險一定要選一個。」

「真是惡魔的遊戲。」

「剛才也說了啦，不能中途棄權。你答應過的，不會做掃興的事，對吧？」

她帶著可恨的笑容喝著酒。我知道要是露出不爽的樣子就正中了她的下懷，於是保持面無表情。

不行，不能輕言放棄，絕對有可以突破的點。

「真的有這種遊戲嗎？不是妳剛剛想出來的吧？我說了不會棄權，但要是這樣的話，我就要說遊戲無效了。」

「很可惜，你以為我的手段有這麼差勁？」

「有。」

「嘿嘿，這個遊戲很多電影裡都有，是很正統的遊戲。之前我在電影裡看到後查過，是真的。你還特別說了兩次不會棄權，真是太感動啦！」

她嘻嘻嘻嘻地笑著，眼神帶著明顯的邪氣，簡直跟惡魔一樣。

看來我又中了她的圈套，真是不知道第幾次了。

「違反善良風俗的真心話跟大冒險都不行。啊，你也不能問有色話題。要適可而止喔，真是的！」

「煩死了，笨蛋。」

「好過份！」

她把杯子裡的酒喝光，調了第三杯，臉上總是掛著笑容有可能是酒精的緣故。順道一提，我從剛剛開始就臉孔發熱。

「總之，先回答我的問題，你覺得我們班上最可愛的女生是誰？」

「我不用外表判斷別人。」

「這跟人格無關。只是問你覺得誰長得可愛？」

「…………」

「對了，要是你回答大冒險的話，我可不會手下留情的。」

這只讓我有不好的預感。

我思索著傷害最少的迴避方式，沒辦法，只好選了真心話。

「我覺得有個女生很漂亮。數學很好的那個。」

「喔——！陽菜啊！她有八分之一的德國血統。哎，原來你喜歡那種感覺啊。陽菜雖然很漂亮，但是不怎麼受男生歡迎。我要是男生的話也會選陽菜，你真有眼光！」

「跟妳意見相同就是有眼光，妳也未免太自大了。」

我喝了一口酒，幾乎沒有什麼味道了。

在她的指示下，我又選了一張牌。還有九次。反正好像不可能中途叫停，我希望剩下來都由我發問。但這種時候我總是運氣不好。

我是紅心二，她是方塊六。

「好棒，果然老天是站在心地善良的孩子這邊的。」

「這讓我一下子變成無神論者了。」

「真心話還是大冒險？」

「……真心話。」

「班上陽菜是第一的話，那我是第幾？」

「……只能從我記得長相的人來算了，第三吧。」

我想藉助酒精的力量，喝了一大口，她也同時舉杯，喝得比我還大口。

「討厭——，是我自己要問的，還是好丟臉喔！沒想到『交情好的同學』會老實回答，更讓人不好意思了。」

「我想快點結束，所以放棄掙扎啦。」

是喝酒的關係吧，她的臉好紅。

「『交情好的同學』，慢慢玩，晚上很長呢！」

「是啊，時間過得真是慢得驚人。」

「我好開心喔！」

她一面說一面在兩個杯子裡倒梅酒。汽水已經沒有了，杯子裡是濃烈的純梅酒。不只是味道，連香氣都甜得不得了。

「這樣啊，我是第三可愛的啊——嘿嘿嘿嘿嘿嘿嘿嘿。」

「好啦，我抽牌了。方塊老Q。」

「你不想炒熱氣氛啊。好，啊——，紅心二。」

我看著她遺憾的表情，打心底鬆了一口氣。我對玩這個遊戲所能辦到的最大反抗，就是十次裡盡量多贏她幾次。十次結束後，我發誓再也不會答應跟她玩不知道是什麼的遊戲了。

「好吧，『交情好的同學』，問吧！」

「喔，真心話還是大冒險？」

「真心話！」

「嗯——，說得也是。」

關於她我想知道什麼呢？我立刻就想到了。

「OK，決定了。」

「好緊張喔！」

「妳小時候是什麼樣的小孩？」

「……哎，問這種問題就可以了嗎？我已經做好了告訴你三圍的決心呢。」

「煩死了，笨蛋。」

「好過份！」

她愉快地回嘴。當然我問的這個問題的目的，並不是想要聽她敘述溫馨的回憶。我想知道的是她是怎樣變成現在這個人的。影響周圍的人，也受別人的影響，所以我想知道她如何成為跟我完全相反的人。

理由只是因為覺得不可思議。我跟她這兩種個性，我們的人生到底有怎樣的差別呢？要是走了不同的一步，我是不是也會成為她那樣的人呢？我在意的是這一點。

「我從小就是個不安分的孩子。」

「應該是，很容易想像。」

「對吧？小學的時候女生都比較高不是嘛，我跟班上最高的男生吵架。打破東西什麼的，是個問題兒童。」

原來如此，身高跟本人的個性或許有關係。我從小就很矮又瘦弱，所以才變成內向的人吧。

「這樣可以了嗎？」

「可以了。繼續玩吧。」

看來神明果然站在心地善良的孩子這邊，接下來我五連勝，遊戲剛開始時她的得意模樣不知上哪去了。跟胰臟一起被神明拋棄的她輸了就喝酒，開始不高興起來。正確來說，是聽到我的問題就不高興。剩下兩次的時候，她滿臉通紅嘟著嘴，幾乎快從沙發上滑落到地，簡直就像是個鬧脾氣的小孩。

順道一提，接下來我的五個問題讓她反問：「這是面試嗎？」

「持續最久的興趣是什麼？」

「一定要說的話，我一直都喜歡電影。」

「最尊敬的名人跟理由？」

「杉原千畝[*7]！給猶太人簽證的人。貫徹做自己認為正確的事，我覺得真是太厲害了。」

「自認的長處和短處？」

「長處是跟大家都處得好；短處太多了搞不清楚，多半是注意力不集中吧。」

「到現在為止最高興的事？」

「嗯，認識你吧！嘿嘿。」

「胰臟不算，到現在為止最難受的事？」

「養了好久的狗在中學的時候死掉了……喂，這是面試嗎？」

我一直擺著一副沒事人的表情，自己都覺得實在太強。

「不是，是遊戲喔！」我回道。

「問好玩一點的問題啦！」

她眼波流轉地叫道，然後又喝了一杯酒。這也喝太多了。

「喝吧——」

不要刺激眼神兇惡的醉鬼，我乖乖喝了酒。我也喝了不少，但撲克臉我可是比她高明。

還剩兩次。我抽了——梅花J。

「哎——！你怎麼這麼厲害！真是的——」

---

*注7：杉原千畝（1900~1986），日本外交官，於第二次世界大戰期間擔任日本駐立陶宛代領事時，發出六千多個過境簽證給猶太人助其離境，有「日本的辛德勒」之稱。

她發出打從心底般悲傷、悔恨且不悅的嘆息，抽了一張撲克牌。看見她手中的花色，原本相信自己一定會贏的我不禁背中流汗。

黑桃老K，是王牌。

「耶耶耶——好棒！咦？」

她跳起來歡呼，大概是因為喝醉了站不穩，搖搖晃晃地倒在沙發上。她的態度迥然一變，自己身體的異狀讓她咯咯咯地笑起來。

「喏，『交情好的同學』，不好意思，這次可以說是問題，也可以說是命令，我可以指定你的回答嗎？」

「終於露出本性了。問題也就罷了，還命令呢！」

「啊，對了，真心話還是大冒險。」

「以規則來說是沒問題啦。」

「很好。真心話還是大冒險。真心話的話，說出我三個可愛的地方。冒險的話，把我抱到床上。」

她的話聲剛落，我就不假思索地行動。在這情況下，就算選了真心話，最後一定還是得把她抱到床上，沒有猶豫的餘地，不如選擇直接把事情解決。而且真心話的問題太過兇狠了。

我站起來時也有身體輕飄飄的錯覺，我走向沙發，她愉快地嘿嘿笑著，酒精大概上腦了。對她伸出手，打算扶她站起來，高亢的笑聲停住了。

「你的手要幹嘛？」

「我扶妳。快點站起來。」

「嗯——啊——，站不起來啦。人家腿使不上力氣。」

她的唇角微微上翹。

「我說過了，抱、我——」

「……………」

「哎喲哎喲，用背的好呢，還是公主……哇啊！」

在她說出更丟臉的話之前，我伸手環住她的背和膝蓋底下，雖然我很瘦弱，但抱她走幾公尺的力氣還是有的。我覺得不能遲疑。沒關係，我們都喝醉了，睡一覺醒來就不會不好意思了。

我趁她還來不及反應，就把她朝床上一扔，熱意從我懷中消失。她帶著驚訝的表情動也不動，而我因為酒精跟施力的關係，微微喘氣。我望著她，過了一會兒她慢慢露出笑容，嘻嘻嘻嘻地跟蝙蝠一樣笑起來。

「嚇了我一跳！謝謝——」

她一面說，一面慢慢地轉向大床的左側，面朝上躺著。要是她這樣睡著就好了，但她卻用兩手拍著床墊，嘿嘿嘿嘿地笑著。很可惜，她並沒打算放棄最後一局遊戲。我下定了決心。

「那就玩最後一次。這次特別，我幫妳抽。要抽哪邊的牌？」

「這樣啊——，那就從我放杯子的地方抽吧。」

她安靜下來，剛才動個不停的雙手隨意癱在床上。

我抽了剩下少許梅酒的杯子底部碰到的那張撲克牌——梅花七。

「七。」

「哇——，不刪不瞎。」

「妳是說不上不下吧。」

「嗯，不刪不瞎不刪不瞎。」

她不斷重複著「不刪不瞎」，但我不予理會，望著攤成一圈的撲克牌，準備選最後一張。這種時候會有人慢慢考慮慎重地選一張，但那是不對的。在條件完全一樣的情況下，唯一影響結果的因素只有運氣，隨便選一張反而不會後悔。

我不假思索地抽了一張撲克牌，盡量摒除雜念，把牌翻過來。

總之，就是運氣。

不管爽快地抽還是考慮半天才抽，結果也不會改變。

我抽到的牌是——

「是多少——？」

「……六。」

我誠實到在這種情況下也不會說謊的地步，真是太不中用了。要是能把棋盤掀翻，人生就輕鬆多了，但我不想成為這樣的人，也無法成為這樣的人。

「好棒——！要問什麼呢——」

她說完沈默下來。我像是等待行刑的死刑犯一樣，站著等她發問。

許久未見的沈寂降臨在微暗的室內，可能是因為這裡住宿費很高，幾乎聽不到外面的聲音，也聽不到隔壁房間的聲音。可能是因為喝醉了，自己的呼吸跟心跳反而非常大聲，她規律的呼吸也聽得很清楚。我心想她搞不好睡著了，但一眼望去，她眼睛睜得大大地看著陰暗的天花板。

我閒著也是閒著，便走到窗邊從窗簾的縫隙間看出去。多彩的人工燈光妝點著熱鬧的商店街，似乎完全沒有要入睡的意思。

「真心話還是大冒險。」

背後突然傳來說話聲，看來她已經得出結論了，祈禱她的問題能盡量不要威脅到我心靈的平靜。我背對著她回道。

「真心話。」

她深呼吸了一下，我聽見空氣流動的聲音。她提出今晚最後的問題。

「我啊……」

「……………………」

「我啊，其實非常害怕要死了。要是我這麼說的話，你會怎麼辦？」

我沒有說話，轉過身來。

她的聲音太過沈靜，我覺得心臟好像都凍結了。為了逃離冷空氣，我得確定她是不是還活著，所以轉過身子。

她應該感覺到我的視線，但卻仍舊盯著天花板。她好像沒有繼續說下去的意思，緊緊閉著嘴巴。

她是認真的嗎？我無法捉摸她的真心。她是認真的並不奇怪，就算是玩笑也不奇怪。如果是認真的，那我該怎麼回答才好呢？如果是玩笑，我又該怎麼回答才好呢？

我不知道。

彷彿是在嘲笑我想像力貧乏一般，我心底的怪物開始呼吸了。

畏縮的我不由自主地開口。

「大冒險……」

「………………」

對於我的選擇她不置可否。只看著天花板命令我。

「你也睡床上，辯解跟反抗我都不聽！」

她又開始反覆唸著「不刪不瞎」，只是這次配著小調來唱。

不知道該怎麼辦，但我果然還是沒辦法掀翻棋盤。

關了燈，背對著她躺下，等待睡魔把我帶走。不是自己一個人的床鋪，不時隨著她翻身而晃動，好像無法交流的心意一般。

大尺寸的床睡兩個人都還有很多空間。

我們是清白的。

清白而純真。

但沒有任何人原諒我。

我跟她同時因同樣的原因醒來。早上八點，手機的電子音振奮地響個不停。我下床從自己的包包裡拿出手機，沒有來電記錄，所以是她的。我從沙發上找到她的手機遞給她。她睡眼惺忪地打開折疊式手機，靠向耳邊。

『小櫻啊啊啊啊啊啊！妳現在在哪裡？』

手機另一端立刻傳來，連站在一段距離外的我都聽得到的咆哮。

她皺起臉把手機拿開，等對方平靜下來才再度靠向耳邊。

「早安——，怎麼啦？」

『什麼怎麼啦！我問妳現在在哪裡？』

她有點疑惑地告訴對方我們現在所在的縣名，我明白對方嚇了一大跳。

『喂，為什麼在那裡？妳騙妳爸媽說跟我一起去旅行了吧？』

於是我知道打電話來的是她閨蜜。她跟慌亂的閨蜜完全相反，悠閒地伸了個懶腰。

『妳怎麼知道的？』

『今天早上PTA有事來聯絡，妳家之後就是我家啊！妳媽媽打電話來，被我接到，要騙過她累死我了！』

「妳替我隱瞞啦，不愧是恭子，謝啦！妳怎麼說的？」

『我假裝是我姐，這不重要啦！妳為什麼騙妳爸媽跑到那種地方去？』

「……唔——」

『而且真的想去的話，幹嘛要說謊，去旅行就好了啊！我會跟妳一起去的。』

「喔——，很好啊。暑假的時候也去哪裡玩玩吧。恭子，妳社團什麼時候放假？」

『我跟男朋友確定一下再跟妳說。喂，不是這個問題吧！』

生動的吐槽清楚地傳到我耳中。安靜的房裡用正常音量說話也多少能聽見一些。我洗臉刷牙，一面注意電話的動靜。牙膏比我平常使用的要辣。

『一個人一聲不吭地跑那麼遠去旅行，又不是要死掉的貓咪。』

一點都不好笑的笑話，我心裡這麼想著。她的回答更讓人笑不出來。但，是事實。

「我不是一個人喔！」

她用因為昨晚喝酒而充血的眼睛略感有趣地望著我，我很想抱頭鼠竄，但很不幸的，我手上拿著牙刷跟杯子。

『不是……一個人？哎，跟誰一起……男朋友？』

「不是喔，妳知道我們不久前分手啦！」

『那是誰？』

「『交情好的同學』。」

電話另一端啞口無言。隨便怎樣都無所謂啦，我自暴自棄地刷牙。

『妳啊，哎。』

「聽我說，恭子。」

『…………』

「妳應該覺得很不可思議，搞不清楚怎麼回事，但這件事我會跟恭子解釋的。所以就算妳不同意，也原諒我吧。恭子就把這件事藏在心裡吧。」

『…………』

她一反常態認真的聲音，閨蜜好像也很困惑。這也難怪，她拋下閨蜜跟不熟的同班同學出去旅行。

電話另一端沈默的閨蜜，耐心地聽著電話，手機終於傳出了聲音。

『……我知道了。』

「謝謝妳，恭子。」

『我有條件。』

「隨妳說。」

『妳要平安回來，還要買土產，暑假要跟我一起去旅行，然後就是跟【和妳好得莫名其妙的同學】說，要是對小櫻出手我就把他宰了。』

「哇哈哈哈，知道了。」

她又閒聊了幾句，把電話掛了。我漱了口，坐在昨天被她搶走的沙發上。我望著她整理桌上的撲克牌，她摸著睡亂了的長髮。

「有這麼關心妳的閨蜜真好。」

「就是說！啊，你可能已經聽見了，恭子好像要宰了你。」

「是對妳出手才會吧。我是紳士，妳可要跟她說清楚啊。」

「那公主抱呢？」

「哎？那有名字啊。我只覺得自己成了搬家工人。」

「不管怎樣，被恭子知道了都會宰了你。」

她為了整理頭髮去淋浴，我等她洗完，然後一起到一樓去吃早餐。

早餐是豪華的自助式，果然高級飯店就不一樣。我吃了魚跟湯豆腐之類的和式早餐，並在窗邊的桌位等她，她拿了多到誇張的食物回來。雖說「早餐要吃飽」，但結果她剩了三分之一，由我吃掉了。吃飯的時候，我懇切地跟她說明了計畫的重要。

回到房間，我燒了水要泡咖啡，她則泡了紅茶。我坐在昨天的同一位置看早上的電視，喘過一口氣。兩人在陽光灑落的平靜空間裡，似乎都忘了昨晚最後的問題。

「今天打算做什麼？」

她精神飽滿地站了起來，走向自己天藍色的背包，從裡面拿出筆記本。新幹線的車票好像夾在裡面。

「新幹線是兩點半，有足夠的時間吃中飯和買土產。中午之前要去哪裡嗎？」

「反正我搞不清楚，都隨便妳。」

悠閒地退房，接受飯店員工低頭致謝後，她決定搭公車去據說有名的購物中心。購物中心周圍環河，從日用品賣場到劇場樣樣俱全，是本地的觀光勝地，外國遊客也不少。巨大的紅色建築讓人印象深刻，果然不愧是地標。

我們在龐大又複雜的空間裡不知該往何處去，隨便走走剛好碰到做小丑裝扮的街頭藝人在水邊的廣場表演，我們混在人群中觀看。

大約二十分鐘的表演很有趣。結束之後，小丑幽默地賴著討錢，我不逾高中生的本份，在他的帽子裡放了一百日圓，她則愉快地在帽子裡放了五百日圓。

「好開心——，『交情好的同學』當街頭藝人吧！」

「妳在跟誰說話啊。那種跟別人扯上關係的職業我沒辦法的，所以我覺得那個人很厲害。」

「這樣啊，真可惜。那我當吧！啊，忘記了，我馬上要死了。」

「妳是為了要說這句話才講這些的嗎？不是還有一年，練習一下，就算不能當街頭藝人，應該也可以很厲害的。」

我推波助瀾的話，讓她露出非常愉快的表情，像是要取悅他人般的笑容。

「說得也是！一點沒錯！要不要試試呢？」

未來的展望讓她興奮異常，跑去購物商場裡的魔術專賣店買了許多練習用品。她買的時候不讓我進店裡，理由是她要表演給我看，所以不能一起買練習用品。我沒辦法只好在店門外跟小朋友們一起看魔術用品的廣告。

「啊——，這樣我就會成為曇花一現，如彗星般突然消失的傳說魔術師了。」

「要是妳是稀世天才的話，有可能。」

「我的一年有大家五年的價值，一定沒問題的。敬請期待。」

「大家一天的價值不是都一樣嗎？」

她好像真的打算一試，表情比平常還燦爛。雖然時間很短，但有目標的人就顯得容光煥發。跟我在一起，她就更加光芒四射了。

跟光芒四射的她一起逛購物中心，時間一下子就過去了。她買了幾件衣服。拿著可愛的T恤和裙子一一詢問我的意見，我對女生的服飾好壞完全不清楚，只好說了很合適這種不褒不貶的話，神奇的是她竟然很開心。很合適並不是謊言，所以我也沒有罪惡感。

途中我們去了超人力霸王[*8]的商品店，她買了一個恐龍骨架般的塑膠怪獸送我，為何給我這個完全意義不明。我問她為什麼，她說因為很合適。我並沒很開心，所以回送她一個塑膠超人力霸王，也說很適合她，但她仍舊很開心。

我們把一百日圓的塑膠娃娃戴在手指上，吃著霜淇淋回到車站。

到達車站的時候剛好中午十二點，由於剛剛才吃過霜淇淋，就決定先買

＊注8：又譯奧特曼，由日本圓谷株式會社製作特攝電視影集，共39集。

土產再吃中飯。車站裡特大的土產專賣店，吸引了她的目光。

我們一再試吃，她買了給家人跟閨蜜的點心，以及名產魚卵，我則買了連續幾年獲得世界食品評鑑大會*9金賞的點心給自己吃。我只跟家人說要住朋友家，沒有理由買別處的名產回去。非常可惜，但這也無可奈何。

我們在跟昨天不同的拉麵店吃了拉麵，悠閒地到咖啡廳喝了茶，才搭上新幹線。旅行即將結束讓我感傷起來。

她比受困於過去的我要來得積極一些。

「再出來旅行吧！下次冬天好了。」

她坐在窗邊眺望景色說道。我不知該如何反應，最後決定坦率地回答。

「好啊，那樣也不錯。」

「哎，怎麼這麼坦率。顯然很愉快吧？」

「嗯，很愉快喔！」

很愉快，是真的。我生長於雙親都採放任主義的家庭，當然也沒有可以一起旅行的朋友，對我來說，難得的遠行比我想像中還要愉快。

她不知怎地驚訝望著我，然後立刻回到一貫的笑臉，用力抓住我的手臂。我不知道她要幹什麼，不禁畏縮。她可能察覺到我的心情，有點不好意思地收回手。

「對不起。」她小聲說。

「怎麼，妳打算用暴力搶我的胰臟嗎？」

「不是啦，只是因為你很難得這麼坦誠，我有點忘形了。嗯，我也非常愉快喔！謝謝你跟我一起來。下次要去哪呢？我下次想去北方，好好體驗一下寒冷。」

「為什麼一定要虐待自己啊。我討厭冷。下次要逃去比這次更南邊的地方。」

「真是——，你真的跟我完全相反！」

＊注9：モンドセレクシュン，Monde selection。

她好像很愉快地嘟著嘴。我打開買給自己的土產，分她一個。我咬下小饅頭狀的點心，奶油的味道非常甜。

回到所居住的城鎮時，夏日天空已經微微轉藍。我們一起搭電車到最近的共同車站，然後騎腳踏車到學校附近，在老地方分道揚鑣。我跟她反正星期一就會在學校碰面，兩人就隨便說了掰掰後各自回家。

回到家，爸媽都還沒有回來，我去洗手漱口，然後回自己房間待著。躺在床上，突然睏倦起來，不知是累了還是睡眠不足，兩者都有可能，我就這樣睡著了。

晚飯時刻，母親把我叫起來，邊吃炒麵邊看電視。俗話說，遠足要回家才算結束，但我發現遠足要在家吃習慣的飯菜才算結束。我回到了日常。

週末兩天她並沒有跟我聯絡。我跟平常一樣窩在房間裡看小說，中午一個人到超市買冰棒。

過了沒有任何異常的兩天，直到星期日晚上我才發現——

我在等她跟我聯絡。

星期一到學校的時候，我跟她一起出去遠行的事實全班都知道了。

不知道是不是因為這個緣故，我的鞋子跑到垃圾桶裡去了。

不管怎麼想，都不是我不小心讓它掉進垃圾桶裡去的。

5

從早上開始，就是一連串的不尋常。

先是我校內用的便鞋不見了，在垃圾桶裡找到。但還不止於此。

我跟平常一樣到校，在鞋櫃處要換鞋，「咦，到哪去了啊？」我心裡正這麼想的時候。

「早啊……」

有人叫我。班上會跟我打招呼的只有她而已，我以為她因為胰臟壞了，所以聲音無精打采，轉過身去嚇了一跳。

她的閨蜜以充滿敵意的視線瞪著我。

我雖然很害怕，但即便是我也知道不回答人家的招呼非常失禮。

「早安。」我低聲回說。

閨蜜同學直直瞪著我的眼睛，哼了一聲，便換上校內用的便鞋。

便鞋不見了，我不知該怎麼辦才好，只能呆呆站著。

我以為換好便鞋的閨蜜同學會就此走開，但她又瞪了我一眼，哼了一聲。我並不覺得不悅。絕對不是因為我是受虐狂，只是因為她的目光看起來很迷惘，她一定不知道該怎麼跟我應對才是。

就算她的招呼中帶有敵意，我還是想對她表達敬意。要是我的話，一定會躲起來，等她換好鞋子走開才出來。

我在鞋櫃周圍找了一圈，還是沒有看到我的便鞋。要是有人穿錯了的話，應該會還回來吧？我穿著襪子走向教室。

走進教室便感覺到四周傳來許多無禮的視線，但我置之不理。自從開始跟她一起行動之後，我就死了心任人觀察了。她還沒來。

我坐在最後面自己的座位上，從書包裡拿出必要的東西放進書桌。今天要檢討考試的成績，只需要考卷，我還是把筆盒跟文庫本放進書桌裡。

我看著之前考試的題目，還想著自己的鞋子究竟到哪兒去了。教室裡嘈雜起來，我抬眼望去，看見她高興地從教室前門走進來，好幾個同學叫嚷著上前迎接，把她團團圍住，閨蜜同學並不在其中。閨蜜同學滿面為難地望著被包圍的她，然後瞥向我這裡，而我也正看著她，兩人四目相接，又立刻避開視線。

包圍著她的同學們嘰嘰喳喳竊竊私語，我早早就決定不予理會。跟我沒關係的話當然不用理，要是跟我有關的話，也絕對沒好事。

我翻開文庫本，投入文學的世界，我看書的集中力絕對不輸給噪音。

雖然這麼想，但不管再怎麼喜歡看書，也知道要是有人跟我說話，我也會被從書本的世界裡給拉了出來。

平常絕對不會一早就有兩個人要跟我說話，這讓我吃了一驚。我抬起頭，是之前跟我一起打掃的男生，他仍舊像是啥也不想地笑著。

「喲，『被大家談論的同學』，那個，你啊，幹嘛把校內穿的便鞋丟掉？」

「……哎？」

「不是丟在廁所的垃圾桶裡了嗎？分明還可以穿，為什麼丟掉？難道是踩到了狗屎？」

「要是學校裡有狗屎那問題就大了。謝謝你。我找不到便鞋，正不知道該怎麼辦呢！」

「喔，這樣啊。小心點啊。要口香糖嗎？」

「不要。我去拿回來。」

「嗯。對了，你跟山內去哪裡了？大家都在講這事呢！」

教室裡雖然很吵，但我周圍的座位上沒人，他直率的問題只有我聽到。

「你們果然在交往吧？」

「沒有。剛好在車站碰到而已。大概是被誰看見了吧。」

「唔，這樣啊。要是有什麼好玩的要跟我說喔。」

他一面嚼口香糖一面回到自己座位上。他應該是個純樸的人，而且我覺得他的本性非常善良。

接著，我站了起來走到離教室最近的廁所，便鞋果然在垃圾桶裡。幸好垃圾桶裡沒有會把鞋子弄髒的東西，我把便鞋拿出來乖乖穿上，回到教室。一走進教室，沈靜的空氣立刻又開始騷動起來。

課順利地上完了，發回來檢討的考卷成績還可以。她跟閨蜜在我前面討論考試的結果，一瞬間視線和我相交，她毫不顧忌地舉起考卷讓我看，距離很遠我看不清楚，但上面有很多圈圈。她的行動顯然讓閨蜜同學困惑，我別開了視線。這一天，我跟她沒有進一步的接觸。

第二天我也沒跟她說話。至於我跟同學間的交流，只有閨蜜同學又瞪著我，以及那個男生又來問我要不要吃口香糖而已。然後，雖然是私人的問題，但我在百圓商店買的筆盒不見了。

隔了幾天，我終於有機會跟她說話，那天是暑假開始前最後的上學日。

雖然說是暑假之前，但我們從明天開始會上兩星期的暑期輔導課，這樣區分幾乎沒什麼意義。今天本來只是交代事項然後參加結業式後就可以回家了，但負責圖書館的老師要我放學後去幫忙，她也是圖書委員，當然一起去。

下雨的星期三。我可能是第一次在教室主動跟她說話。她當值日生擦黑板時，我跟她說了圖書館的工作。我們站在教室前方，我知道有好幾個人正看著我們，但我不予理會，她則根本就不在意。

放學後，她負責關教室門窗，我先到餐廳吃中飯，然後再去圖書館。今天是結業式，圖書館裡沒幾個學生。

老師要去開會，拜託我們看櫃臺。老師離開圖書館後，我坐在櫃臺後面看書。兩個同班同學來借書，一個好像對我完全沒興趣的文靜女生問說：「櫻良呢？」另外一個男生則是我們班的班長，他以在教室裡一貫溫文儒雅的表情和聲音問說：「山內同學呢？」兩個人我都回答：「不是在教室嗎？」

不一會兒她來了，一如往常地，帶著跟今天天氣完全不搭的笑容。

「呀——喔——，我不在你果然很寂寞吧？」

「果然有人不在山上也會叫『呀——喔——』。妳以為山彥號*10會回應妳嗎？對了，有同學找妳喔。」

「誰？」

「名字不太清楚，一個文靜的女生跟班長。」

「啊，我知道了。OK、OK。」

她邊說著邊在櫃臺後面的旋轉椅上坐下，椅子在安靜的圖書館內發出嘎吱嘎吱的悲鳴聲。

「椅子好可憐。」

「跟純情少女說這種話好嗎？」

「我不覺得妳是純情少女。」

「嘿嘿嘿嘿，說這種話沒關係嗎？昨天才有男生跟我告白呢。」

「……啥？什麼啊。」

出乎意料的話讓我大吃一驚。

她看見我的反應大概很滿意，嘴角上揚到極限，然後皺起眉頭。這什麼表情啊，讓人超級不爽。

「昨天放學後被人叫去，然後被告白了。」

「如果是真的，告訴我沒問題嗎？」

「誰跟我告白很遺憾是秘密喔！米飛兔。」

她用兩手食指在嘴唇前比個叉。

「難道妳以為米飛兔的叉叉是嘴巴？那是從中間分開的，上面是鼻子，下面是嘴巴。」

「騙人！」

我畫圖說明，她在圖書館裡用絕對會吵到別人的音量大叫起來。我望著

＊注10：やまびこ，東北新幹線運行的特急列車班次名稱。

目瞪口呆的她，感到心滿意足。方言小知識的反擊戰我贏了。

「真是，什麼啊，真的嚇了一跳。我好像白活了十七年一樣。不管了，我被告白了吔！」

「喔，回到原來話題。所以呢？」

「嗯，我說對不起啦。你猜為什麼？」

「誰曉得。」

「不告訴你！」

「那我告訴你吧。要是人家說『誰曉得』或是『喔——』的話，那就是對妳的問題沒興趣。沒人跟妳說過『誰曉得』嗎？」

她好像要回嘴，但剛好有人來借書，因此，她的話就沒說出口。

她認真地辦理完櫃臺的業務之後，改變了話題。

「這麼說來，這種下雨的日子沒法出去玩，今天你就到我家來，可以吧？」

「妳家跟我家方向相反，不要！」

「不要用這麼普通的理由隨便拒絕啦！這樣簡直是討厭人家邀請你，不是嘛？」

「真沒想到，妳簡直像是以為我不討厭一樣。」

「說什麼呢，算了。你雖然嘴上這麼說，但結果還是會跟我一起玩的。」

罷了，我想應該也是如此。只要加上像樣的理由，威脅一下說教一下，我就會乖乖接受她的邀請吧。只要指點出一條明路，我就無法抵抗。因為我是草船，除此之外沒有任何理由就是了。

「總之你聽我說啦。聽了之後，你搞不好就會想來我家了。」

「妳粉碎了我比水果奶昔*11還堅固的意志。」

「軟趴趴的不是嘛？好懷念水果奶昔喔，有一陣子沒吃了，下次買吧！

---

*注11：フルーチェ，將濃縮果汁跟牛奶混和在一起的半固體狀甜點。

小學的時候媽媽常常做給我吃，我喜歡草莓口味。」

「妳話中的條理也跟優格一樣呢。好像可以跟我的意志混合在一起。」

「嗯，要不要混和看看？」

她拉開夏天制服的緞帶，解開襯衫的鈕釦，一定是覺得很熱吧。還是只是因為她犯傻呢？嗯，應該是後者。

「不要這麼驚愕地看著我啦。好吧好吧，回到原來的主題。上次我不是說過我從來不看書嘛。」

「妳是說過，但是看漫畫。」

「嗯，後來我想起來了，我基本上不看書，但是小時候有一本喜歡的書，是我爸爸買給我的。有興趣嗎？」

「原來如此，這我很難得地有興趣喔。我覺得喜歡的書可以展現一個人的本性。像妳這樣的人會喜歡怎樣的書，我很好奇？」

她擺出高高在上的樣子，過了一會兒才說話。

「《小王子》，你知道嗎？」

「聖．修伯里？」

「哎！你知道啊？真是的，我以為就算是『交情好的同學』也不會知道外國的書。真是洩氣，虧到了。」

她嘟著嘴，頹然靠向椅背，椅子又嘎吱作響。

「光是妳以為《小王子》沒有名氣，就知道妳對書多沒興趣了。」

「這樣啊。所以你看過囉？真是的！」

「沒有，不好意思，我還沒看過。」

「這樣啊！」

她突然精神百倍，挺起身子把椅子往前拉，我則跟椅子一起往後退。她臉上當然堆滿了笑容，看來我好像讓她樂不可支。

「討厭，我就想會不會是這樣。」

「妳知道說謊會下地獄嗎？」

「要是沒看過，那我的《小王子》借你看。你今天到我家來拿！」

「妳拿來不就好了嗎？」

「你要女孩子搬重物？」

「我雖然沒看過，但那是文庫本吧。」

「我可以拿去你家喔。」

「那就不重了嗎？算了，隨便啦。跟妳做這種無謂的爭論實在很累，要是妳想來我家，那不如我去妳家吧。」

這回就以此為正當理由吧。

其實，《小王子》這種有名的書，圖書館裡不會沒有，但這裡的圖書委員不瞭解書，為了不掃她的興，我就保持沈默。這麼有名的書為何到現在都沒看過，我自己也不知道，一定是時機的問題。

「喔，你很明理嘛。怎麼啦？」

「我跟妳學的。草船跟大型船對抗完全沒有意義。」

「你還是老樣子，有時候不知道在說什麼。」

我正懇切地跟她解說比喻的意思，圖書館的老師回來了。我們跟平常一樣和老師閒聊，喝了茶吃了點心，哀嘆一下從明天開始兩星期都沒法來，然後就離開了。

走到外面，天上堆滿了看來今天絕對不會散的雲層。我並不討厭雨天。雨天的閉塞感常常跟我的心情一模一樣，所以我沒法對雨抱著負面的感覺。

「下雨真討厭。」

「……妳的感覺真的和我不合啊！」

「有人喜歡下雨嗎？」

顯然有吧。我沒有回答，只走在她前面。我不知道她家確實的位置，只知道跟我家方向相反。我走出校門，朝跟平常相反的方向前進。

「你去過女生的房間嗎？」

她在我身邊說道。

「雖然沒有，但同樣是高中生，我想應該差不了多少，沒什麼好玩的吧。」

「是沒錯啦。我的房間很樸素。恭子的房間裡貼滿了樂團的海報，比男生還像男生。你喜歡的陽菜，她的房間裡都是填充玩具之類的可愛玩意。對了，下次跟陽菜三個人一起去玩吧？」

「謝謝，不用了。我在漂亮的女生面前會緊張，說不出話來。」

「這是裝傻說我不漂亮，但沒用的。那晚你說過我是第三可愛，我可沒忘記喔！」

「妳不知道班上同學我想得起長相的，只有三個人。」

這樣說是有點過份，但我確實沒法記得所有同學的長相。我不跟別人往來，不需要有記得別人長相的能力，所以因此退化了吧。沒有選擇的比較，絕對是不算數的。

從學校到她家的距離跟到我家差不多。她家有著綠牆紅瓦，位於寬敞的獨棟住宅並列的住宅街上。

我跟她一起自然堂堂從大門走進去。入口到玄關處有一段距離，走進去後，過了一會兒才把傘收起來。

她請我進門，我像是討厭濕氣的貓一樣躲進屋內。

「我回來了——！」

「打攪了。」

她元氣十足地打了回家的招呼，我也適當地說了一句。上一次見到同學的爸媽是小學的教學觀摩，我多少有點緊張。

「家裡沒人喔。」

「……跟空屋大聲說自己回來了，妳腦子有問題吧。」

「我剛才是在跟我家打招呼。這是我成長的重要地方啊。」

她偶爾說出有道理的話，我就無法反駁。我也重新對她家說：「打攪了。」然後跟在她後面把鞋子脫掉。

她沿路把燈打開，好像賦予了空屋生命。她帶我去洗手間洗手漱口，接著到二樓她的房間。

第一次受邀進入的女生房間很大。什麼很大？全部。房間本身、電視、床鋪、書架、電腦，真令人羨慕，我瞬間這麼想。但一想到這應該跟她父母的悲傷呈正比，如此一來，憧憬立刻煙消雲散。毋寧說室內滿是空虛。

「隨便坐。睏的話就在床上睡一下，但是我會跟恭子告狀。」

她說完自己在書桌前的紅色旋轉椅上坐下。我遲疑地坐在床上，床墊彈性很好。

我環視屋內，正如她所說的很樸素，跟我房間不一樣的地方只有空間大小跟可愛物品，以及書架上的書吧。她的書架上全都是漫畫，熱門的少年漫畫跟我不知道的漫畫都有。

我繞了幾個圈子之後，她發出好像要吐的「呃」的一聲，低下頭來。我冷眼旁觀，她突然抬起頭。

「要玩什麼？真心話大冒險？」

「妳不是要借我書嗎？我是來借書的。」

「不要急啊，這樣縮短壽命會比我先死喔。」

她竟然咒我。我怒目而視，她扁著嘴露出奇怪的表情。我心想，這是生氣就輸了的遊戲吧，我好像馬上就要輸了。

她突然站起來，走向書架。我以為她終於要把《小王子》給我，但她從最下面的抽屜裡拿出折疊式的將棋棋盤。

「來下棋吧！這是我朋友忘在這裡的，一直沒來拿。」

我沒有拒絕的理由，就接受了她的提議。

結果將棋對局纏鬥了半天，最後是我贏了，其實我覺得是壓倒性的勝利。但是，詰將棋跟和人對奕的情況不一樣，我沒法掌握節奏。下了王手[*12]她竟然不甘心地掀了棋盤。喂——。

我撿起散落在床上的棋子，望向窗外，外面仍舊下著大雨。

＊注12：日本將棋的王手等於將棋的將軍。

「雨小一點你就可以回去了。在那之前，陪我玩吧。」

她像看穿我的心思般說道。收好將棋棋盤，這次她拿出了電視遊樂器。

我已經好久沒玩電視遊樂器了。一開始是格鬥遊戲，按著控制器上的按鈕，畫面中的人物就能輕易地傷害對手，享受對方受傷的模樣，這種窮凶極惡的遊戲。

我平常不玩遊戲，於是要她讓我先練習了一會兒。看著畫面操作，她給了我各種建議。

我以為她也有親切的一面，其實完全不是如此。對戰的時候，她毫不客氣地報了剛才將棋的仇，使出各種讓畫面變色、人物發出波動的絕招，把我的角色打得落花流水。

但我也不是乖乖挨打。隨著遊戲進行，我學會了撇步，躲開對方的攻擊，摔倒防禦的對手等等，她的角色只會拼命攻擊，我則給了她好看。就在我勝利的星星數目跟她差不多、就快要贏時，她關掉了電源。所以說啊，喂——。

她完全不顧我責難的視線，重整架勢換了一個遊戲，再度啟動遊戲器。

她有各種遊戲，跟她一起玩了幾個對戰類的，我們最不分上下的是賽車。雖然是跟人比賽，但其實也是跟時間和自己的比賽，這或許跟我的個性比較合也說不定。

在大電視上玩賽車遊戲，被人超越、超越別人。我平常就沈默寡言，一集中精神就更加不說話了。相反地，她不停「啊啊！」「討厭！」地吵得要命，這樣世界上存在的音量互相抵消了。

除了妨礙我的集中之外，她唯一跟我說話是在比賽進入最後一局的時候。

她非常不經意地問了我一個問題。

「『交情好的同學』，沒打算交女朋友嗎？」

我一面躲避路面上的香蕉，一面回答。

「我不想交也沒辦法交，我沒有朋友。」

「女朋友就罷了，交朋友吧。」

「等我想交的時候再說。」

「想交的時候，嗯，喏。」

「嗯。」

「你完全沒意思，要我當你女朋友吧？」

這個問題實在太過離奇，從某方面來說，算是她最拿手的正面攻擊。我不由得瞥向旁邊，畫面中立刻出了車禍。

「哇哈哈哈，撞車了！」

「……妳在說什麼啊？」

「啊，女朋友？只是確定一下而已。你並不喜歡我吧？不管怎樣，你都不會想要我當你女朋友吧。」

「……不會。」

「很好，我放心了。」

「……………………」

到底是放了什麼心啊，我覺得不可思議。

我試圖探尋她話中脈絡。

難道她以為我想跟她成為男女朋友嗎？

我跟她一起過夜、進入她的房間，難道她是在擔心我可能會錯意，喜歡上她了嗎？

真是沒有理由，毫無根據的懷疑。

我很難得地真的覺得很不愉快，明確地感到胃裡累積著不好的東西。

比賽結束，我放下控制器。

「把書借我，我要回去了。」

沈澱在內臟中的感情不肯消散，但我不想讓她知道，所以要逃離這裡。

我站起來走向書架。雨完全沒有變小。

「不用急啊。那你等一下。」

她也從椅子上站起來，走向書架。她在我背後停下腳步，我能聽見她呼吸的聲音。可能是心理作用，我覺得她的呼吸聽起來比平常粗重。

我不理她，從書架上方開始瀏覽，她可能也正在找書。早放在固定的地方就好了啊，我有點不耐。

過了一會兒，我聽見她吐出一口大氣，同時視野兩端出現了兩隻手臂，原以為她比我先找到了書，但卻不是。在這個階段我就應該明白的，因為她的手臂在我視野的兩邊。

我突然看不見自己的身體了。

我從來沒有體驗過別人積極接觸自己的經驗，一時之間，無法掌握眼前的狀況。

回過神來時，我已經被壓在書架旁邊的牆壁上。我左手是自由的，右手被抓住，舉到肩膀上方的高度，抵在牆上。比方才更加逼近的，除了自己之外的呼吸，還有心跳。熱意、甜甜的香味。她的右手臂環住我的脖子，我看不到她的臉，她的嘴貼在我耳邊。我們的面頰幾乎相觸，不時相觸。

妳在，幹什麼啊。我的嘴在動，卻發不出聲音。

「……你記得我說過，我把死前想做的事情列了清單？」

耳邊的，低語。聲音和氣息吹拂在耳垂上，她並不期待我的反應。

「妳為了要實現目的，所以才問我想不想讓妳當我的女朋友嗎？」

黑髮在我鼻端搖晃。

「叫你來家裡也是喔。」

我覺得她好像輕笑了一下。

「謝謝你說沒有這個意思，我安心了。要是你說有，那我的目的就沒法達成了。」

她的話跟這個狀況我都無法理解。

「我想做的事……」

好甜。

「是跟不是男朋友，也不是喜歡的人，做不該做的事。」

不該做的事、不該做的事？

我在腦中反芻她的話。不該做的事，是什麼事啊？是指現在的狀況，還是在此之前的所有事情？我覺得兩者都說得通，都是不該做的事。我知道她生病，在她死前跟不喜歡的我一起共度的時間、一起過夜、到她房間，說起來全部都是不該做的事。

「這是擁抱喔。所以啦，不該做的事，就從現在開始。」

她像是果然看透我的心思般說道。共有的心跳讓她輕易讀出我的思緒，但我還是讀不出她的想法。

我到底該如何是好？

「『？？？？』同學就沒關係。」

「…………」

我仍然不知道該怎麼應對才好。我用自由的左手拉開環住我脖子的手臂，把她的身子推到前面，呼吸跟心跳也消失了。取而代之出現的，是她雖然沒喝酒，卻滿臉通紅的面孔。

她看見我的臉，露出驚訝的樣子。我不像她，不會在人前戴著面具，自己現在是什麼表情我也不清楚，只弱弱地搖頭，不知道是在否定什麼。

我們望著彼此的眼睛，沈默充滿了緊張。

我觀察她的表情。她轉著眼珠子，望向不知何處，然後慢慢地嘴角上揚看著我。

接著，她突然爆笑起來。

「噗。」

「…………」

「嘿嘿嘿嘿嘿嘿嘿嘿嘿嘿嘿嘿嘿嘿嘿嘿，開——玩笑的啦。」

她滿面笑容地說。她甩開我的右手，哈哈哈哈地笑著。

「啊————，好丟臉，開玩笑啦開玩笑！跟平常一樣的惡作劇！不要把氣氛搞得這麼詭異啦，真是的！」

她的豹變讓我啞口無言。

「真的好需要勇氣喔，要主動去抱你！但是，惡作劇需要真實感呢！我很努力啦，嗯。你不說話不就好像認真起來了嗎？是不是心動了呢？知道你不喜歡我真是太好了，要不然就好像弄假成真一樣。但是，以惡作劇來說是成功了。因為對手是你才辦得到，好刺激喔！」

我不明白理由是什麼。為什麼啊？

她的惡作劇第一次讓我真正感到憤怒。

她像是要擺脫自己行動的羞恥感般喋喋不休，我針對她的怒氣在五臟六腑中慢慢成形，已經無法消化。

她到底把我當成什麼。我覺得被侮辱了，事實上也是如此吧。

要是這就是跟他人往來的話，那我還是不要跟任何人扯上關係的好。

大家都得胰臟病死掉算了。不，讓我吃掉算了。大家的胰臟都讓唯一正當的我吃掉。

沒想到感情和行動能如此簡單地連結在一起。

我的耳朵被龐大的怒意堵住，可能什麼也聽不到，包括她的悲鳴。

我抓住她的肩膀，將她壓倒在床上。

她的上半身倒在床上，我放開她的肩膀，抓住她兩隻手腕不讓她動彈。我什麼也沒想。

她稍微掙扎了一下，最後終於放棄，望著我在她臉上投下陰影的面孔，我仍舊不知道自己到底是什麼表情。

「『交情好的同學』？」

困惑的她。

「怎麼了？快放手，好痛。」

我沈默地望著她的眼睛。

「剛才是開玩笑喔?喏，跟平常一樣鬧著玩的。」

到底要怎麼樣才會滿意，我搞不清楚自己。要不就是，我已經受不了了。

我一言不發。而她表情豐富的面孔、交遊廣闊的面孔，跟平常一樣變幻多端。

她在笑。

「哎，你決定跟我一起玩嗎?以你來說真是大方啊!好了，快放手。」

她很困惑。

「喏，喏，怎麼啦?一點都不像『交情好的同學』。你不是會開這種玩笑的人吧?喂，快放手。」

她生氣了。

「你給我差不多一點!可以這樣對女孩子嗎?快點放手!」

我以可能是到目前為止最不為所動的眼神直視著她。她也沒試圖避開我的視線，我們在床上互相凝視，沒有比這種場景更浪漫的吧。

她終於沈默下來，什麼也不說了。只有大雨的聲音隔著窗子像是在責怪我。她呼吸和眨眼的聲音，讓我不知如何是好。

我直直盯著她看，她也直直盯著我看。

所以我明白了。

她沒有說話，面無表情，但是眼中浮現了淚水。

看見她的眼淚，我一開始就不知從何而來的怒火，像是不曾存在過似地溶解了。

心頭一塊大石落下的同時，後悔湧了上來。

我輕柔地放開她的手腕，站起身來，她驚愕地望著我。我看了她一眼，然後不忍直視。

「對不起……………」

她沒有回答，仍舊躺在床上，維持剛才被壓住的姿勢。

我拿起放在床上的包包，像逃跑般握住門把。

「……『過份的同學』。」

背後傳來的聲音讓我瞬間躊躇了一下，然後沒有轉身，說道。

「對不起，我回去了。」

說完這句話，我打開了應該不會再來的房間門，迅速地逃離。沒有人追上來。

我沒有替她鎖門，就這樣在雨中走了幾步，然後發現頭髮淋濕了，我急忙撐起傘走到大路上。柏油路上泛起夏天的雨味。

我斥責想折返的自己，一面想著回學校的路，繼續往前走。雨下得更大了。

思考。終於平靜下來，自己思考。

越想只越覺得後悔。

我到底做了什麼啊？我對自己非常失望。

我不知道對誰憤怒原來會這樣傷害別人，會這樣傷害自己。是因為看見了她的表情嗎？是因為看見她的眼淚嗎？感情一發不可收拾，遺憾這種感覺一發不可收拾。

我發現自己緊咬著牙關，牙床都開始發痛了。我竟然有因為人際關係傷害自己身體的一天，真是瘋了。但我能感覺這份痛楚是對自我的懲罰，顯然腦袋還清楚，但這樣並不能抹消自己的罪過。

她說的惡作劇是導火線，那傷害了我的感情。雖然是事實，但就算是事實，也不能成為我對她施暴的藉口，即使我被她無意之間傷害了也一樣。

我受傷了。受傷了？什麼受傷了啊？回想她的氣息跟心跳，仍舊不明白。只不過，不知怎地，覺得不可原諒。無法以道理解釋的感情，讓我傷害了她。

我在獨棟住宅間穿梭。平日的午後，四下不見人影。

就算我突然消失，也一定不會有人注意到吧。

周圍安靜到讓我這麼覺得。突然，背後突然傳來的聲音嚇了我一跳。

「『不引人注目的同學』。」

非常沈穩的男性聲音。我猛然回頭，撐著傘的同班同學站在那裡。在他出聲之前，完全沒有察覺他的存在，我覺得不可思議。第一是他出聲叫我，第二是一向溫柔敦厚的他臉上帶著憤怒的表情。

我跟他說話，今天已經是第二次了。真是稀奇，我竟然在一天之內跟同一個人說兩次話。

乾淨溫和的男生，我們班的班長。我想知道他為什麼叫我，便壓下跟他無關的動搖，和他打了招呼。

我期待他的反應，他卻只一言不發地看著我，我沒辦法只好再度開口。

「你住在這附近啊。」

「……不是。」

他果然好像不高興，可能他也討厭下雨吧。下雨的時候拿東西很不方便，但現在他穿著便服，手上除了傘以外什麼也沒有。

我看著他的臉。最近我終於學會解讀別人的表情了。他不知怎地滿肚子不高興地跟我搭話，我想知道原因，便勉強承受著他的視線。

我也沒有說話，一面安撫自己的情緒，一面默默地看著他，結果他先忍不住了，以非常難受的表情叫我的名字。

「『不引人注意的同學』才是，為什麼在這種地方？」

我並不介意他跟平常不一樣，直呼我的名字。我比較介意的，是我的名字從他口中聽來彷彿有別的意思，比方說，像是「不可原諒的傢伙」。雖然不知道理由，暫時就先這樣了。

我沒有回答，他咋舌道。

「『不可原諒的傢伙』，我問你為什麼在這裡？」

「……有點事。」

「是小櫻吧。」

熟悉的名字讓我心臟彷彿收縮了，我喘不過氣來，沒法立刻回答。這他也無法原諒。

「我說是小櫻吧。」

「…………」

「回答我！」

「……你說的小櫻，如果跟我認識的同班同學是同一個人的話，那就是了。」

我淡淡地期待可能是他誤會了，但他咬牙切齒的表情粉碎了我的期待。

這下子我確定他對我不懷好意，卻不知道為什麼。

怎麼辦才好呢？

我的思考立刻就毫無意義，原因正是他接下來說的話。

「小櫻……」

「…………」

「小櫻為什麼跟你這種人……」

啊，原來如此。

我刻意忍住幾乎脫口而出的恍然大悟。原來如此。我知道他為什麼對我不懷好意了。我不由自主地抓抓頭。這下好像會很麻煩，我心想。

要是他有好好地看清楚狀況，我就可以岔開話題或是辯解，但他針對我的離譜怒氣讓他盲目。

或許我們今天在這裡碰面並不是偶然。比方說，他跟在我們後面之類的，我可以想出各種不同的情形。

他應該是在戀愛吧，所以他把搞錯對象的嫉妒投射在我身上。盲目的嫉妒，導致他失去了正確的觀察力，失去了平常客觀的自我審視，可能還失去了其他的東西。

總之，我先嘗試跟他解釋事實，我覺得這是最好的辦法。

「我跟她不是你想像的那種關係。」

我的話讓他眼露凶光。我心想糟了的時候已經太遲，他惡狠狠地大聲責備我，雨聲都被壓過了。

「那到底是什麼？兩個人一起去吃飯、一起去旅行，今天還去她家玩。班上大家都議論紛紛，說你突然開始纏著小櫻不放。」

旅行的事是哪裡洩漏出去的，我有點介意。

「說我纏著她不放是不正確的，但說我願意陪她太過傲慢，說她允許我陪她又太謙卑。我們有往來，並不表示我們是男女朋友。」

往來，這個詞讓他表情動搖，於是我補充說明。

「總之，不是你跟班上同學以為的那種關係。」

「就算是這樣，小櫻還是花時間跟你在一起。」

「……說得也是。」

「跟你這種不合群的陰沈傢伙！」

他憎惡地說出的評語，我並沒有異議。看起來應該是這樣沒錯，事實估計也是如此。

她為什麼要跟我在一起，這我也想知道。她說，我是唯一能給她真相和正常生活的人。說得滿像回事的，但要拿這當理由我覺得總有點不太對。

於是我保持沈默，他也一樣。他視線仍舊炙熱，表情僵硬地站在雨中。

漫長的沈默持續著，一直持續著。我以為對話已經結束了，他可能也發現自己對我的怒氣是不對的，跟剛才的我一樣正在後悔也未可知。但也可能不是這樣，盲目的他或許無法釐清自己的感情。

隨便怎樣都好。不管如何，我們繼續對峙下去不是上策。我轉過身去。我以為他會就這樣看我走開，要不就是我想快點獨處。這也是隨便怎樣都好，我的行動並不會改變。

仔細想想，我只從小說裡得知戀愛的人是盲目的，並沒有接觸過他人的內心，要解讀真人的行為根本是天方夜譚。小說裡的人物跟真人是不一樣的，小說跟現實是不一樣的。現實絕對沒有小說那麼美麗，也沒有那麼乾脆痛快。

我走向沒人的方向，背上仍舊感覺到刺人的視線。我並沒有轉身，因為轉身對任何人都沒有好處。她絕對不會喜歡把人際關係像數學公式一樣思考的我。我希望背後的他能理解這一點，但應該沒辦法吧。

讓人盲目的不只是戀愛，我不知道思考也會讓人盲目。當肩膀被人抓住時，我才發覺他從後面追了上來。

「等一下！」

我沒辦法只好轉過身。雖然是誤會，但他的態度讓我有點退縮。然而，我沒有表露出來。

「我話還沒說完！」

這麼想來，我可能也情緒激動。這可能是人生中的初次體驗。也就是說，和人發生爭執，情感激烈衝突，失去了以理性思考的部分。

我說出了顯然是要傷害他的話。

「啊，告訴你一件事，一定能派上用場的。」

我盯著他的眼睛，打算狠狠地給他一記。

「那個孩子好像討厭糾纏不清的人。以前的男朋友似乎就是這樣。」

最後，我看見他逼近的臉，是這幾分鐘內沒見過的非常扭曲的表情。我不明白這表情的意義，但完全無所謂，就算明白，結果也不會改變。

我左眼附近受到強烈的衝擊，整個人猛地往後倒，一屁股跌在被雨淋濕的柏油路上。雨立刻打濕了制服，掉下的傘發出鈍音在地上打轉，同樣落地的書包也倒在地面上。我吃了一驚，猛然轉向他，左眼視線模糊看不清楚。

「我就是糾纏不清！我啊，我啊……」

他說著。他雖然面向我，但顯然他的話不是對我說的。我發覺自己觸及到他的痛處。我因為要傷害別人而受到了傷害，真是不像話。我深切地反省。

我確實是第一次被人打，還真的蠻痛的。我知道哪裡被打了，但不知為何心裡深處也在痛。再這樣繼續下去，可能真的會灰心喪志。

我坐在地上抬頭望著他，左眼的視力還沒恢復。

他呼吸粗重地垂眼望著我。他沒有明說所以不能下斷論，但她以前的男朋友恐怕就是他。

「像你這樣的傢伙，憑什麼接近小櫻！」

他一面說，一面從口袋裡拿出一個東西扔向我。我攤開那一團東西，是我之前不見的書籤。原來如此，我開始明白他話中含意了。

「原來是你啊。」

他不肯回答。

我一直認為他端正的面容下有著穩重的個性。他在全班面前引導大家討論的時候、偶爾到圖書館來借書的時候，都帶著穩重的笑容。但是，我並不瞭解他的內心，我看到的只是他準備好讓外界看的面容。果然重要的不是外表，而是內在。

我想著該怎麼辦。先傷害他的是我，所以他的攻擊或許算得上正當防衛。雖然有點過份，但我確實不知道他到底傷得有多重，所以站起來反擊感覺有點奇怪。

他看起來仍舊非常激動，要是能設法讓他平靜下來就好了，若是說錯話，一定會火上加油。越過了他情感界限的人，確實是我。

我望著他，不時覺得他的行動比我正當。他一定是真的喜歡她，雖然方法不正確。不對，雖然方法有問題，但他一心想著她，希望跟她共度所有的時光。因此，他憎恨我佔據了她的時間。

而我呢，要是我不知道她一年之後會死，就根本不會跟她一起吃飯，一起旅行，也不會到她家去。她的死亡把我們連結在一起。但是，死亡是所有人都必須面臨的命運，所以我跟她的相遇是偶然，我們一起共度時光也是偶然。我完全沒有刻意要這麼做的意思，也沒有純粹的感情。

就算是不與人往來的我也知道，錯誤的一方必須服從正確的一方。

這樣啊，那就讓他揍到滿意為止吧！不明白別人的感情就想跟人往來，是我不對。

我毫不閃躲地承受著他惡狠狠的視線，想傳達我的意念，想傳達我會服從你的意念，但是卻沒有成功。

他粗重地喘著氣，我看見他身後有個人影。

「這是，在幹什麼……？」

這個聲音讓他像被雷擊中一樣，倏地轉過身。雨傘晃動，雨點打在他肩上。這時機不知是好是壞，我簡直像是事不關己一樣，望著他們兩人。

她撐著傘，輪流望著我和他的臉，想搞清楚眼前的狀況。

他似乎要說些什麼，但話還沒出口，她就跑過來，撿起掉落在地的傘遞給我。

「『過份的同學』，這樣會感冒的……」

我接受了她略為不適當的溫柔，聽見她倒抽一口氣。

「『過份的同學』！血，你流血了！」

她慌亂地從口袋裡掏出手帕，按在我左眼上方。我不知道流血了。這樣一來，他或許不是赤手空拳，但我也並不想知道凶器是什麼。

他站在她後面，我望著他的表情。他臉上顯著的變化筆墨難以形容，我不由得覺得滿溢的感情一定就是這樣。

「怎麼了？」「為什麼流血？」她繼續問道。

他的感情讓我目不轉睛，完全不理會她的關心。但沒有關係，他替我說明了。

「小櫻……為什麼跟這種傢伙……」

她仍把手帕按在我左眉處，轉頭望著他。他看見她的面容，表情再度扭曲。

「這種傢伙……是說誰……『過份的同學』嗎？」

「對，這傢伙纏著小櫻，我讓他不要再多管閒事，教訓了他一下。」

他辯解似地說道。可能是想讓她回心轉意，希望她再看他一眼吧。盲目的他已經讀不出她的心意了。

我身為旁觀者，只能默默地守望事情的發展。她面對他僵住了，只有手仍舊拿著按在我臉上的手帕。他好像希望被誇獎的小孩一樣，帶著懼意笑了一下。

幾秒鐘之後，他的臉上充滿了恐懼。

她把在僵住的時候累積在胸中的情感吐露出來，對他說了一句話。

「……人渣。」

她的話讓他目瞪口呆。

她很快轉向我，而臉上的表情讓我小小吃了一驚。我以為她變化萬千的表情都是明朗的，我錯了。就算生氣，就算哭泣，都是明朗的。我錯了。

她也會有這種表情啊。

這種好像要傷害他人的表情。

她看見我表情立刻變了，帶著困惑的笑容。在她的催促下我站了起來，襯衫和褲子都濕透了，幸好是夏天，我不覺得冷。因為氣溫，也因為她握著我的手腕。

她用力拉著我的手走向他，看著他的臉、看見他驚愕的表情，我確信他以後不會再偷拿我的東西了。

我走過他身邊，任她拉著我前進，但她突然停下腳步，我幾乎撞上她的背，我們的傘碰撞在一起，大顆的雨滴紛紛落下。

她沒有回頭，平靜地大聲說道。

「我討厭孝宏了，所以再也不要接近我和我周圍的人。」

被叫做孝宏的男生什麼也沒說。最後，他的背影看起來好像在哭。

我就這樣被她拉回家。默默地進門，她把毛巾跟替換的衣物遞給我，叫我去淋浴，我不客氣地照做了。借用了男生的T恤、內褲和運動褲，這才第一次得知她有個年長許多的哥哥，我甚至不知道她家有些什麼人。

我換好衣服，被叫到二樓她的房間。我走進門，她跪坐在地板上。

於是，我跟她一起經歷了人生最初的體驗。人際關係貧乏的我，不明白是怎麼回事，於是就借用她的話。

她說，這叫做言歸于好。

這比我之前體驗過的任何人際關係，都讓人坐立不安、難以為情。

她跟我道歉，我也跟她道歉。她跟我解釋：「我以為你會為難地一笑置之。」所以我也解釋：「雖然不知道為什麼，但覺得被侮辱了，所以很生氣。」

她在雨中追過來，是因為這樣下去我們的關係一定會惡化，而她不希望如此。而她被我壓倒之所以哭出來，只是因為男生力氣大，被嚇到了而已。

我只一個勁兒地打心底道歉。

途中，我想到被留在雨中的他，還是有點在意。我們的班長果然是她的前男友。我老實說出了在雨中想到的話。

「與其跟我在一起，不如跟他這樣真心喜歡妳的人在一起比較好。我們只是那天偶然在醫院碰到而已。」

我這麼說後被她罵了。

「才不是偶然呢。我們都是自己選擇走到這一步的。我跟你同班、那天在醫院碰到，都不是偶然，也不是命運。讓我們碰面的，是你在此之前做的各種選擇，跟我在此之前做的各種選擇。我們是因為自己的意願才相遇的。」

我啞口無言，說不出話來。

我真的從她身上學到很多。要是她不是只能再活一年，可以活得更久的話，一定能教我更多的東西吧。不對，不管有多少時間，一定都不夠。

拿起裝著濕衣服的袋子跟包包，以及向她借的書。我看書是按照入手的順序，所以書架上堆著的書會先看，一時之間還輪不到這一本。我這麼告訴她，她說，一年以後再還就好。也就是說，我答應在她死之前都跟她要好。

第二天，我到學校去參加輔導課，我的便鞋並沒有不見。

我穿著便鞋走進教室，她不在，第一堂課開始了她也沒來，第二堂也沒來，第三堂也沒來，一直到放學也沒見到她。

她為什麼沒來的理由，我當天晚上才知道。

她住院了。

6

我下一次見到她，是星期六在醫院的病房。上午是陰天，氣溫也算舒適。她傳簡訊告訴我可以會面的時間，所以我就去探病了。說是我去，其實是被叫去的。

她住單人病房。我到的時候，沒有其他探病的客人，她穿著普通的病人服，手上掛著點滴管，面對窗子跳著奇怪的舞。

我從背後出聲叫她，她嚇得蹦起來，大聲驚叫著躲進被窩裡。我在床邊的折疊椅上坐下，等騷動平息。她突然靜下來，沒事人似地在床上坐正。她的突如其來之舉是不分時間地點的。

「不要突然過來啦。我會先丟臉死的。」

「要是妳因為這種前所未聞的方式死了，我會拿來當一輩子的笑話說喔。這是給妳，探病的禮物。」

「哎──，那樣很好呀！啊，是草莓！一起吃吧。把架子上的盤子拿過來。」

我按照她的指示，到旁邊的白色架子上拿了兩套盤子跟刀叉，回到椅子上坐下。順便一提，草莓是我說要去探望住院的同學，爸媽給錢讓我買的。

我摘掉草莓的蒂，一面吃著，一面問她的病情。

「完全沒事。只是數值有點變動，我爸媽很擔心，就送我來住院，沒問題的啦。大概住院兩星期，接受特別的藥物治療，然後就可以回去上學了。」

「那個時候已經放暑假了。」

「啊，對喔。那得先跟你敲定暑假的計畫。」

我望著她手臂上的點滴管。掛在鐵架上搖晃的袋子裡裝著透明的液體，腦中浮現一個問題。

「妳跟其他人，比方說閨蜜恭子同學，是怎麼說的？」

「我跟恭子他們說來割盲腸。醫院這裡也配合我的說法。她們好像很擔心，這樣我更不能說實話啦。幾天前把我壓倒在床上的『交情好的同學』覺得如何？」

「唔——，我覺得至少應該跟閨蜜恭子同學說清楚。然後就尊重前幾天撲過來抱住我的當事人的想法啦。」

「哎喲，不要讓我想起來啊！好丟臉！死前被你壓倒的事，要是讓恭子知道，你就乖乖等著被宰吧。」

「妳想讓閨蜜同學成為殺人兇手嗎？真是罪孽深重。」

「閨蜜同學是什麼意思？」

「這是我給恭子同學取的小名。有親近的意味。」

「聽起來非常死板，就好像叫課長先生是一樣的吧？」

她驚愕地聳聳肩，跟平常沒有任何不同。

我在簡訊中詢問過病情，看見她本人精神飽滿的樣子，於是放心了。我本來擔心她是不是病況轉劇要早死了，現在看這個樣子應該不至於。她臉色很好，動作也很敏捷。

我鬆了一口氣，從包包裡拿出新買的筆記本。

「點心吃完，開始做功課了。」

「哎——，再混一會兒嘛！」

「是妳叫我來幫妳複習的啊，怎麼能一直打混。」

我今天到醫院來，除了很久沒看見她之外，還有正當的理由。她拜託我幫她補沒去上學的那幾天缺的課，我當下就立刻答應了，她反而吃了一驚。真是有夠失禮的。

我把新的筆記本和筆遞給她，跟她說了課程的重點。我憑自己的主觀，省略了感覺起來不重要的部分，進行了簡略的補習，她也很認真地聽。連休息的時間算在內，我的濃縮講課大約一個半小時就結束了。

「謝謝。『交情好的同學』很會教人啊。以後當老師吧！」

「才不要。妳為什麼老是要我做跟別人扯上關係的事情啊？」

「可能是要你替我做，如果我不死的話會想做的事吧。」

「妳這麼說，我要是拒絕了不是顯得很卑鄙嘛，不要這樣。」

她一面吃吃地笑著，一面把筆記本放在床邊咖啡色的架子上，上面堆著雜誌跟漫畫之類的書。像她這樣行動派的人，關在病房裡一定覺得很無聊，怪不得會跳奇怪的舞。

時間接近中午。我事前知道中午閨蜜同學要來，所以打算十二點離開。我也跟她說了，她回道。

「你也加入當閨蜜就好了啊。」

我慎重地拒絕了。當家教當到肚子都餓了起來。最重要的是確認她沒事，就心滿意足了。

「那在你回去之前，變魔術給你看吧。魔術喔！」

「哎，妳已經學會了？」

「簡單的而已。我練習了好幾個。」

她變的魔術是撲克牌的把戲，讓對方選一張牌，然後猜中。我覺得能在這麼短的期間內學會很厲害。我對魔術一無所知，所以不知道秘訣是什麼。

「下次我會表演更難的，敬請期待！」

「我很期待。最後表演從著火的箱子裡脫逃吧。」

「你是說火葬場？那不可能的啦！」

「就說了不要講這種笑話。」

「小櫻——妳好嗎……怎麼，又是你？」

這個快活的聲音讓我不由得轉過頭，走進病房的閨蜜同學皺著臉瞪著我。我覺得最近閨蜜同學對我的態度越來越明顯了，這樣下去，她死後我要跟閨蜜同學交好，看來是不可能的任務。

我站起來，跟她說了再見，然後離開。閨蜜同學明顯地在瞪我，我避開了她的視線。昨晚電視上的動物節目說，不要跟猛獸對視。

話雖如此，我本來希望兩種不同的生物可以不要互相干涉，但我的意願卻被無視了。她在病床上，突然說出了出乎意料的話。

「對了，『交情好的同學』，上次借你的我哥的T恤和內褲呢？」

「啊……」

我從來沒有這麼痛恨自己的漫不經心。跟她哥哥借的衣服放在包包裡，完全忘記拿出來還她。

但是她也用不著現在說出來啊！

我轉過身，看見她笑嘻嘻的面孔和床邊閨蜜同學驚訝的表情，我盡量不表現出內心的動搖，從包包裡拿出裝著衣服的塑膠袋遞給她。

「謝謝！」

她滿面堆笑，輪流望著我和閨蜜同學，我也偷瞄了閨蜜同學一眼。我也有怕看又想看這種愚蠢的慾望吧。閨蜜同學已經收起驚愕的樣子，改以殺氣騰騰的目光瞪著我。可能是心理作用也說不定，但我覺得她好像發出獅子般的吼音。

我立刻避開閨蜜同學的視線，快速走出病房。在我走出去之前，聽到閨蜜同學壓低了聲音，質問她說：「內褲是怎麼回事？」

我加快腳步離開，以免被捲入麻煩裡。

新的一週，星期一我乖乖去上學，教室裡竟然流傳著我作夢也沒想到的謠言——看來我似乎是她的跟蹤狂。

這謠言照例是從嚼口香糖的男同學那裡聽說的。真是胡說八道，我皺起眉頭，他好像覺得很有趣似地問我要不要吃口香糖，我鄭重拒絕。

我想像了一下謠言發生的經過。一定是有幾個人看見我跟她在一起，不知怎地，傳成她在哪裡我就跟到哪裡，然後對我沒好感的人帶著惡意說我是跟蹤狂，就傳成跟真的一樣了。我的想像力只到這裡為止，但應該跟事實相去不遠吧。

就算經過真是如此，完全沒事實根據的謠言，還是讓我大吃一驚。更有甚者，班上幾乎所有人都相信了謠言，大家竊竊私語，說我是跟蹤狂，還是小心一點的好。

再說一遍，我真的非常吃驚。為什麼他們都相信大多數人的說法就是正確的呢？只要有三十個人在一起，他們估計就能毫無顧忌地殺人了吧。而且還渾然不覺那並非人性，只是機械性的機制而已。

因此，我心想事態說不定會惡化，大家會聯合起來霸凌我，但這是我太看得起自己了。說穿了，他們真正有興趣的是她，而不是我這個跟蹤狂。

不，我不是跟蹤狂。他們完全沒必要對我採取毫無益處的麻煩行動。至於每天到學校來都瞪我閨蜜同學，光是她對我抱著美其名為興趣的敵意，就夠可怕的了。

星期二，我第二次去醫院探病的時候跟她說了這件事，她捧著胰臟哇哈哈哈哈地大笑。

「恭子、『交情好的同學』跟大家都好好玩啊！」

「妳覺得背後說人壞話很好玩？真是惡劣！」

「我覺得大家之前都不理會你，現在這樣注意你很好玩。那你知道自己為什麼會陷入現在的狀況嗎？」

「當然是因為跟妳在一起，不是嗎？」

「你打算把帳算在我頭上？不對喔，是因為你都不跟大家說話的關係。」

她在床上剝著蜜柑的皮斷言道。

「大家都不知道『交情好的同學』是怎樣的人，所以才會那麼想。為了解開彼此的誤會，你應該多跟同學們往來。」

「我不做對大家都沒好處的事。」

她不在之後，我就又是一個人了；她不在之後，同學們就會忘了我。因此完全沒有必要。

「大家要是多瞭解你，就會知道你是個有趣的人。即使是現在，我也不覺得大家認為『交情好的同學』是壞人。」

說什麼蠢話，我一面剝蜜柑皮一面想。

「除了妳跟恭子同學，其他人都只覺得我是『平凡的同學』吧？」

「這你問過他們嗎？」

「沒問過。但我想應該是這樣。」

她歪著頭，一針見血地說道。

「這種事不直接問怎麼知道，只是『交情好的同學』自己想像的吧？誰說一定就是正確的。」

「不管正不正確都無所謂，反正我不跟任何人往來，只是我的想像而已。我喜歡在人家叫我的時候，想像對方是怎麼看我的。」

「幹嘛就自己想像自己下結論啊。你是自我完結類的男生？」

「不是，我是自我完結國來的自我完結王子。崇拜我吧！」

她掃興地剝著蜜柑皮。我沒想過要她瞭解我的價值觀，因為她跟我完全相反。

她的成長過程中，一直都跟各種各樣的人往來，從她的表情和個性就看得出來。相反地，我除了家人以外，跟其他人的關係都在腦袋中想像就完結了。被喜歡或是被討厭都是我的想像，只要不危害到自己，喜歡或討厭都無所謂，我就是這樣長大的，從一開始就放棄了跟別人往來。我是跟她完全相反，不被周圍需要的人。但如果問我這樣好不好，我會很為難就是了。

她吃完蜜柑，仔細把皮疊起來，扔進垃圾桶。蜜柑皮球精彩地正中目標，這種事就能讓她高興到握起拳頭。

「對了，那你覺得我是怎麼想你的？」

「誰曉得，不是『交情好』嗎？」

我隨便回了一句，她嘟起嘴來。

「叭——，錯——了。雖然之前我是這麼覺得的啦。」

她獨特的表達方式讓我側耳傾聽。我想也是如此。也就是說，不是她的想法改變了，而是她發現自己的想法是不一樣的類型吧。我稍微有了一點興趣。

「那妳是怎麼想的？」

「人家告訴你就沒有意思啦。就是因為不知道別人對自己的看法，所以友情跟愛情才有趣。」

「果然妳的想法是這樣的。」

「咦，我們之前也講過嗎？」

她懷疑地皺著眉頭，好像真的忘記了。她滑稽的樣子讓我笑出來。

另外一個置身事外的我，望著自己直率地對別人笑著，一面訝異自己什麼時候變成這樣的人了，一面覺得佩服。毫無疑問地，是眼前的她改變了我。雖然這是好是壞，沒人知道，總之，我變了不少。

她看見我笑，瞇起了眼睛。

「我想告訴大家『？？？？』同學是個大好人。」

她的聲音非常平穩。竟然能對把自己壓倒的男生說出這種話，我都要後悔一輩子的說。

「大家也就罷了，告訴恭子同學吧。她實在很可怕。」

「我已經說了啊。那孩子非常關心朋友，她覺得你騙了我。」

「是妳的表達能力有問題吧。恭子同學看起來很聰明。」

「哎，為什麼一直稱讚恭子，你打算在我死後玩弄她嗎？就算是我，也覺得這樣太過份啦！」

她的過度反應，我只冷淡地剝著蜜柑皮應對。她好像很愉快似地在床上坐正，害我又笑出來。

「那來表演今天的魔術吧。」

這回她學會的魔術，是讓手中的硬幣消失然後又出現。雖然這是循序漸進，但還是跟上次一樣，以初學者來說算是很厲害了。在什麼都不懂的我看來，她厲害得讓我覺得她在這方面搞不好有特別的才能。

「人家一直都在練習啊！因為沒有時間啦——」

不正是因為有時間所以才能練習嗎？我很想禮貌地吐槽，但想想還是要讓她知道我沒這麼容易被她的笑話給打動，所以就算了。

「這樣下去，一年以後，八成可以變出厲害的大魔術啦。」

「嗯，差不多吧——嘿！」

她的斷句很奇怪，可能是因為我沒理會她的笑話所以不高興了。沒辦法，我只好坦誠地稱讚她努力的成果，她又很高興地笑了。

就這樣，第二次探病對她而言順利結束。

對我個人而言的問題，則是發生在我離開醫院回家的路上。

在這個世界上，我最喜歡的地方可以算是書店了。這天我離開醫院之後，也去了書店。我在冷氣充足的店裡瀏覽書籍，幸好今天沒有等我的女生跟著，花多少時間都沒關係。

我這個人沒有任何可以誇耀之處，只有在看書時的集中力絕對不輸任何人。就算有人問我要不要吃口香糖，只要聽慣了的上課鈴聲不響，我就可以不顧周圍的一切，沈浸在自己的世界裡看書。要是我是草食動物的話，一定會沈迷在不同的世界裡，完全沒發現肉食動物逼近，然後馬上就被吃掉。

因此，我站著看完文庫本裡的一篇短篇，回到疾病奪去少女生命的這個世界時，才終於驚覺——

獅子就在我旁邊。

我嚇得幾乎要跳起來。閨蜜同學背著一個大包包，看著手上拿的文庫本，但我知道她的意思明顯是要收拾我。

不知道能不能不發出腳步聲，悄悄地離開這裡啊。我淡淡的期待立刻被抹殺了。

「你覺得小櫻如何？」

閨蜜同學連招呼也沒打，就這樣單刀直入地發問，充滿了要是答錯了的話就撲上來咬人的魄力。

我感覺背中冷汗直流，不知如何是好。到底該怎麼回答才是正確答案呢？但是，我想了一下就發現了，閨蜜同學的問題，純粹只是關心她而已。對於她誠實的問題，我除了誠實回答之外別無選擇。

「我不知道。」

在此之後數秒的沈默，不知閨蜜同學是迷惘，還是在積蓄殺氣，但我回過神來時，手腕已經被獅子的爪子攫住。我被粗暴地拉過去，踉蹌了一下。

「那個孩子表面上雖然那樣，但其實比任何人都容易受傷。不要抱著隨隨便便的心態接近她。要是因為這樣傷害了小櫻，我會宰了你。」

閨蜜同學用恫嚇的聲音說道。宰了你。小學生、中學生會隨便掛在嘴上威脅別人的話，但這不一樣。閨蜜同學明白地告訴我她是認真的。我不禁顫抖。

閨蜜同學沒有再說什麼，就這樣離開了。我在書店裡拼命設法平息狂亂的心跳，結果在偶爾走進書店的同班同學問我要不要吃口香糖之前，我都站在原處無法動彈。

我到底覺得她如何？這天晚上我認真地思考著。

但，還是完全無法想出答案。

我差點在書店被吃掉的次日，她突然發了簡訊叫我過去。之前兩次她叫我去的簡訊都是前一天，這次很稀奇。我心想，可能發生什麼事了，結果什麼也沒有。我到的時候她滿面笑容地說道。

「要不要逃離醫院？」

她只是要立刻告訴我，她想到的惡作劇而已。

「不要，我還不想成為殺人兇手。」

「沒問題的，瀕死的戀人在逃離醫院途中死掉，大家一定都會原諒你的。」

「依照妳的理論，就算別人說不要推，還是把人家推進熱水裡，也可以被原諒囉？」

「哎，可以吧？」

「不可以啦！那只會犯傷害罪而已。所以要逃離醫院的話，跟不在乎妳縮短壽命的戀人一起去吧！」

呿——。她好像真的很遺憾似地，用手指玩著綁頭髮的髮圈。我很是遺憾，她竟然以為我會答應做這種讓她陷入危險的行動。然後我也很意外，她已經來日無多，竟然還提議這種讓自己陷入危險的愚蠢行動。

難道不是玩笑嗎？我望著她跟平常一樣的笑容，感到一絲立刻就能消散的異樣感。

在那之後，她提議「那我們就逃離病房吧」，於是我們一起去了三樓的商店。她小心地不扯掉右手上的管子，握著像是麥克風桿一樣的支架走在我前面，看起來簡直就跟病人一樣。我是這麼覺得。

我們並排坐在商店附近的沙發上吃冰。接著，她說話了，我不知道她為什麼突然說這種話。

「喏，你知道櫻花為什麼在春天開嗎？」

「妳是說自己嗎？那我不知道妳是什麼意思。」

「不是啦。我什麼時候叫過自己的名字？難、難道除了我之外，你還有叫小櫻的女人……原來你這麼花心，怎麼不去死一死啊！」

「妳不要因為天國好像很閒就要把我拉去。對了，妳的葬禮一定要在友引日[*13]舉行。」

「哎——，我希望我的朋友都活著，所以不行啦。」

「那妳能用稿紙寫下我死了也沒關係的理由嗎？喔，剛才是說櫻花為什麼在春天開吧！就是在春天開的花不是嘛？」

我非常正經地說著，她卻打心底瞧不起我似地嗤之以鼻。我忍著不用手上的檸檬冰棒戳她的鼻子。

她好像察覺到我的不悅，笑著解釋她要說的話。

「我告訴你吧。櫻花其實在謝了之後的三個月左右，下次開的花就發芽了。但是這些芽會休眠，等待天氣變暖，然後再一口氣開花。也就是說，櫻花在等待該開花的時候。很棒吧？」

聽著她的話，我覺得把花的習性硬套上這種深意也未免太牽強了，那只是等待運送花粉的昆蟲和鳥類出現而已。然而，我並沒有吐槽她。要說為什麼的話，是因為我想到了別的觀點。

「原來如此。跟妳的名字真相配。」

「因為很漂亮？怪不好意思的。」

「……不是，妳覺得邂逅或變故都不是偶然，而是選擇，所以我覺得選擇春天盛開的花的名字跟妳非常相配。」

＊注13：友引の日，類似農民曆吉凶的日本曆注六曜之一。友引意為與朋友同行，所以通常葬禮會避開友引日。

我的意見讓她瞬間呆住了，然後非常高興地說：「謝謝你。」相配跟適合一樣，並不是誇獎的言詞，但她卻這麼高興，我實在不知道為什麼。

「『？？？？？』同學的名字也很適合你喔！」

「……這很難說。」

「不是嘛，死就在你身邊。」

她輪流指著我和自己，得意地說笑道。

她咬著西瓜冰棒，一如往常擺出好像會永生不死的樣子。這一點也沒變，但不知怎地，她的說笑聽起來像是暑假最後一天，慌忙地找尋還沒做的自由研究的答案一樣。

發生了什麼事嗎？

我在心底這麼想。然而，我並沒有問她，因為我覺得她心中的些許焦慮原本就是理所當然的。只剩下一年的，人生。像她這樣悠然自在才奇怪呢。

因此，我把那天在她身上感覺到的異樣，當成只是我的主觀產生的微不足道的小事處理掉了。

我覺得那是正確的。

雖然如此，下一次被叫去醫院的星期六中午，我感覺到的微小異樣在我面前現形了。

我在她指定的時間進入病房，她立刻察覺到我來了，笑著叫了我的名字，只不過她的笑容有點僵硬。

她豐富的表情簡直就像描繪出她的內心似地，傳達出她的緊張。我充滿了不好的預感。

我穩住想往後退的腳步，坐在同一張折疊椅上。她彷彿下了某種決心，說出正中我預感的話。

「喏……『？？？？同學』。」

「……嗯，怎麼啦。」

「只要一次就好。」

她說著，伸手從架子上拿下撲克牌。

「玩真心話大冒險，好嗎？」

「……為什麼？」

她提議玩惡魔的遊戲。雖然我覺得應該試著斷然拒絕比較好，但我想知道她為何突然這麼說，更別提她的樣子正經得嚇人。

她沒有立刻回答，我便繼續說下去。

「妳有一定想問的事情，要不就是非常想要的東西吧？而且，如果隨便拜託我的話，我可能會拒絕。」

「不是……那樣的。你也有可能直接告訴我，但我沒辦法決定要不要問，所以就讓命運決定了。」

她畏首畏尾含糊不清地回答，到底是什麼意思啊？我不覺得自己擁有會讓她如此困擾的秘密。

她一直望著我的眼睛，彷彿是要傳達強烈的意志。很不可思議的是，她的眼神反而讓我沒了力氣。是因為我是草船呢？還是因為對手是她？

想了半天，最後我下了這樣的決定。

「……既然妳借了我書，只玩一次的話，我就奉陪吧。」

「謝謝。」

她好像事前就知道會有這樣答案一般，跟我道了謝，便開始洗牌。她的樣子果然很奇怪。平常她好像把說廢話當正業似地，今天卻完全沒有說任何多餘的話。她到底是怎麼了？擔心和好奇在我心中混合成奶昔。

真心話大冒險的規則跟之前一樣，只不過玩一次遊戲，我們卻輪流洗了五次牌，然後把牌堆在床上，從中選一張。

她煩惱了半天，從中間下方抽了一張，然後我拿了最上面的牌。反正看不見牌底，也不知道哪一張在哪裡，所以從哪裡選都沒差，而且我對這個遊戲的執著和她不能比。要是這麼說，她可能又會生氣，但這次我是贏是輸都無所謂。要是勝負是由氣勢或意志決定的話，要是神祇把世界設定成這樣的話，那毫無疑問她一定會贏。

她會這麼說：「就是因為不能這樣，所以才有趣啊。」

我們同時把牌翻開，她露出打心底後悔的表情。

「哇，這真是失策。」

她握住床上的被子，好像在等氣餒逃離。獲得勝利的我只能在旁默默守望。她終於察覺到我的視線，把氣餒拋到一旁，露出微笑。

「真是沒辦法！就是這樣！所以才有趣啊！」

「……對了，我得想個問題才行。」

「好啊，你問什麼我都會回答喔。要不要問我的初吻之類的？」

「難得有發問權，我才不會問這種比地下室還低級的問題呢。」

「……地下室並不低級啊。」

「對啊，所以呢？妳以為我說的話有意義嗎？」

她愉快地哇哈哈哈笑起來。我看著她笑的模樣，覺得以為她跟之前不同可能是我多心了。這次跟上次來探病的時候，她都跟往常不太一樣，可能沒什麼大不了。她的表情會因為各種理由立刻改變，比方說喝酒啦、天氣啦，其實都是些小事。我期望是如此。

我無可奈何地贏了，只好開始思索。該問她什麼呢。我對她的興趣跟之前玩這個遊戲時一樣，並未改變。她是如何成為這樣的人呢？其實我或許還有一兩件更為在意的事，比方說，她對我的想法。

但是我沒有勇氣問她。我跟她在一起之後，發現自己這個人既膽小又怯懦，而她充滿了勇氣，跟我完全相反。

我望著她，一面想要問什麼。她默默地看著我，等我發問。靜靜地坐在床上，看起來比以前稍微像要死的人了。

我把這個念頭拋在腦後，決定要問她什麼問題。

「對妳來說，活著是什麼？」

她玩笑地說：「哇，好正經喔。」然後嚴肅地仰著頭思索。「活著啊——」她喃喃道。

就這樣，感受到她凝視著生命而非死亡，我就覺得心裡稍微輕鬆了一些。我很怯懦，也明白自己還沒接受她會死的事實。

我想起旅行的時候，看見她背包裡的東西就亂了陣腳，以及那天她用最後的問題威脅我。

「嗯，對了！就是這個！」

她豎起食指，告訴我她想出的結論，我豎起耳朵以免漏聽。

「活著一定……」

「…………」

「就是跟某人心意相通，那就叫做活著。」

……啊，原來如此。

我恍然大悟，起了雞皮疙瘩。

等於是她存在意義的話語，變成了視線和聲音，她熾熱的意志和生命的振動，震撼了我的靈魂。

「認可某人、喜歡某人、討厭某人；跟誰在一起很開心、跟誰在一起很鬱悶；跟誰牽手、跟誰擁抱、跟誰擦身而過，那就是活著。只有一個人的話，就不知道自己是否存在。喜歡某人、討厭某人的我；跟誰在一起很開心、跟誰在一起很鬱悶的我，我覺得我和這些人的關係，就是我活著的意義，而不是別人的。我的心是因為大家在才存在，我的身體是因為大家觸碰才存在。這樣構成的我，現在活著，還在這裡活著。所以人活著是有意義的。就跟你和我都是因為自己的選擇，所以現在才在這裡活著一樣。」

「…………」

「……喔，我的演講太熱情了。這是認真青少年談話節目現場嗎？」

「不是，是病房。」

我非常冷淡地回答。她嘟起嘴來。

我希望她原諒我，我現在無法回應這種笑話。

我聽到她的話，這才第一次從自己心底的最深處，發現了累積的真正情感。只要一察覺那其實就在近處，幾乎要成為我整個心靈的情感；但在此之前，我卻一直沒有發現。因為我是個懦弱的人。

這幾天以來，不對，其實是一直以來，我都在尋找的答案，現在就在這裡。

沒錯，我對妳……

我竭盡全力壓下這句話。

「……真的。」

「啊，你終於開口了。什麼？『?????』同學？」

「真的，我從妳這裡學到了很多。」

「哇，幹嘛突然這麼說，真不好意思。」

「我是認真的。謝謝妳。」

「你發燒了嗎？」

她伸手摸我的額頭。我當然沒發燒，她把頭歪向一邊。原來這不是比喻，她是真的以為我發燒了啊。這實在太有趣了，我笑起來。她看見我笑，又朝我伸出手，我又笑起來。就這樣反覆。

啊——，好開心。因為有她在。

她終於明白我沒發燒後，我感激地建議吃我買來的切塊鳳梨。

之前來探病時，她說下次帶鳳梨來。我的建議讓她愉快地笑起來。

我們倆津津有味地吃著鳳梨。她嘆了一口氣。

「啊——啊，我真是不走運——」

「真心話大冒險嗎？是啊，但是就算不玩遊戲，只要是我答得出來的問題，我都會回答。」

「沒關係，這是遊戲的結果。」

她乾脆地拒絕了。她想問什麼，我還是完全沒有頭緒。

吃完點心之後，我替她上了學校輔導課程的進度，接下來照例是魔術表演。這次跟上次時間沒隔多久，她表演的是使用道具的簡單魔術，但對魔術一竅不通的我還是深感佩服。不久之前才剛剛察覺自己心情的我，在補習時跟魔術表演時都一直盯著她。

「我該回去了。肚子餓了。」

「哎——，這就要走了啊。」

她好像小孩一樣搖晃身體抗議。對她來說，自己一人待在病房裡，可能比我想像中要無聊討厭的多吧。

「妳也馬上要吃午餐了吧？而且恭子同學來了的話，我可不想被當成午餐吃掉。」

「吃胰臟嗎？」

「搞不好呢。」

我一面想像著自己被肉食動物捕獲，一面站起來。她說：「等一下！」

「等一下，我還有個最後的請求。」

她招著手叫我過去，我毫無戒心地走近，她彷彿毫無惡意、顧忌、二心、預謀、反省和責任感似地，傾身向前抱住我。

她完全沒有預兆的行動讓我連驚訝都忘記了。我冷靜得出乎自己意料，把下巴擱在她肩膀上。好甜。

「……那個。」

「這跟上次不一樣喔，這不是惡作劇。」

「……那是什麼。」

「最近不知怎地，喜歡人的體溫——」

她的說法讓我有了某種確信。

「喏，其實我一直在意一件事。」

「三園嗎？因為我的胸部抵著你。」

「少蠢了。」

「哇哈哈哈。」

「妳的樣子有點奇怪。發生什麼事了嗎？」

我們抱在一起，不對，正確說來，是我被她主動抱住。我等著她回答。

這跟以前不一樣，我不覺得她在耍我，毋寧說我的體溫啥的，只要能派上用場，她愛怎麼用都沒關係。

她慢慢地搖了兩次頭。

「……唔，什——麼事都沒有啦——」

當然我並不相信。但我也沒有勇氣逼她說她不想說的話。

「我只是在品味你給我的真相和正常生活而已。」

不管有沒有離題的勇氣，反正此時我不可能知道她的真心。

時機這種東西真的完全背棄了我。

就在她沈默不語的當下，背後傳來猛獸的吼聲。

「小櫻——早……啊，是你……今天我一定饒不了你！」

我把她往床上一推，聽見她「呀」地叫了一聲。我轉向門口，閨蜜同學站在那裡，像魔王似的惡狠狠地瞪著我。我猜我的表情一定也扭曲了。

閨蜜同學逐漸逼近，我往後逃竄，但是被病床擋住。

就在閨蜜同學打算揪住我的胸口，我心想萬事休矣的時候，援軍出現了。她迅速下床，緊緊抱住閨蜜同學。

「恭子不要激動啦！」

「啊，嗯，那我走了。」

我像是要逃離閨蜜同學一樣逃出病房，每次她一來我就逃，最後我不理會閨蜜同學大喊我名字的聲音。第三次探病就這樣結束了，我覺得身上還殘留著甜甜的氣息。

或許該說事實上我無法這樣乾脆地思考；但次日星期天，我果然收到她的簡訊，知道了那天她可能想隱藏的事實。

她住院的期限延長了兩星期。

7

住院期間延長了，她卻很意外地滿不在乎。我雖然很擔心，但她本人卻露出並不是預料之外的樣子，我就稍微安心了一點。

我只在心裡承認，其實我很是焦急。

星期四下午，暑期輔導結束後我去探病。輔導課也馬上要上完了。

「暑假已經過了一半啦。」

她以惋惜的口氣說道。好像是要告訴我她真的只惋惜這個。

天氣晴朗。開著冷氣的病房像是替我們隔離陽光的保護層，不知怎地讓我覺得不安。

「恭子還好吧？」

「啊，嗯。可能是我多心，但我覺得她的眼神好像比上星期銳利，但妳說服她大概就跟麻醉槍生效了差不多，她還沒撲向我。」

「不要把我的好朋友講得跟猛獸一樣。」

「一定沒有人用那種眼神看過妳。她是裝成小貓咪吧。獅子是貓科的猛獸呢。」

我沒告訴她一星期前在書店發生的事。

我打開帶來的伴手禮罐頭，把裡面的水蜜桃倒出來，跟她一起吃。浸在糖漿裡的蜜柑之類的，會讓人想起小學的時候。

她一面吃著黃得奇特的桃子，一面望著窗外。

「天氣這麼好，你為什麼到醫院來？去外面玩躲避球吧。」

「第一，是妳叫我來的；第二，我自從小學畢業之後就沒玩過躲避球了；第三，沒有人跟我一起玩。以上三項，挑一個妳喜歡的吧。」

「全部。」

「真是貪心。那，最後一塊桃子給妳。」

她露出孩子般的笑容，用叉子叉起桃子，一口吃掉。我把碗和空罐子拿到病房一角的水槽。只要把東西放在那裡，護士就會來清理。要不是她生著病，這裡簡直是貴賓室。

貴賓室的服務項目還包括我免費替她補習，她今天也一面嫌麻煩一面認真地做筆記。以前我曾經問過她一次，既然她不會參加考試，為什麼還要唸書。她回答，要是不唸書成績突然滑落，那周圍的人會覺得很奇怪。原來如此。我明白自己為什麼無論在任何情況下，都不想用功唸書的理由了。

今天她的魔術表演暫停一次，果然沒辦法這麼快就學會新招。她說她在練習秘密招數，要我期待。

「我會伸長脖子等著。」

「脖子要怎樣才能伸長？找人替你拉長嗎？」

「妳笨得連慣用語都聽不懂了啊？腦子也染上病毒就糟了。」

「說別人笨的人才笨呢！」

「錯了吧，我說妳生病了，但我可沒生病。」

「才沒錯呢，死吧！因為我要死了。」

「妳不用這樣急著咒我好嗎？」

跟往常一樣鬧著玩的對話，能這樣胡說八道讓我很高興。用一如往常的口吻和她一起說笑的氣氛，證明了日常並未改變。

這種毫無意義的事就能讓我安心，果然我的人際經驗還是不夠。

她開始在《共病文庫》上寫字，我無所事事地望著病房的角落。在這裡待過的人，所罹患的各種疾病的碎片都累積在這裡，所以角落才很陰暗。我心想。

「『？？？？』同學，暑假有什麼打算？」

我正要把視線從角落慢慢轉回她身上，她就叫了我的名字。我的視線比意料中更快到達她那裡。

「到這裡來，和在家看書吧。還有做作業。」

「就這樣？做點別的事吧，難得放暑假。讓恭子代替我跟你一起去旅行，如何？」

「我沒有進入獸欄裡的資格。妳不跟恭子同學去旅行嗎？」

「恐怕沒辦法，住院期間延長了，她的社團活動也很忙。」

她好像很寂寞似地朝我一笑，然後說。

「真想再旅行一次啊。」

「……哎？」

她無精打采的話讓我瞬間停止了呼吸。

房裡突然好像連空氣都陰暗起來，我覺得沈睡在心底的某種討厭的玩意湧上了喉頭。我忍著不吐出那玩意，急急喝了一口寶特瓶裡的茶。剛才那是怎麼回事？

我在腦中反芻她說的話，跟小說裡的名偵探思考重要人物的台詞一樣。

我的臉色一定很難看。她收起無力的笑容，把頭傾向一邊。

覺得不可思議的人，是我。
她，為什麼。
我心裡這麼想時，就不由得開口說了出來。
「為什麼說得好像再也不能去旅行了一樣？」
她好像無言以對，露出驚惶失措的神情。
「……聽起來像是那樣嗎？」
「對。」
「這樣啊！我雖然看起來很有精神，但其實也有消沈的時候啊——」
「喂……」
我現在到底是什麼表情？上次來這裡時潛伏在內心深處的不安，好像就要衝口而出。我雖然極力想要掩住嘴，但嘴卻在手還沒動彈前就先張開了。
「妳不會死吧？」
「咦？會死喔！你跟我，大家都會死。」

「不是這個意思。」

「要是指胰臟壞掉了，那是會死的。」

「不是這個意思！」

我啪地拍打床邊，不由得站起身來。椅子倒在地上，刺耳的金屬聲在病房中響起。我的眼睛一直映在她的眼睛裡。現在她露出真正大吃一驚的表情，我自己也嚇了一跳。到底是怎麼了？

我從乾得要命的喉嚨裡，擠出最後一滴聲音。

「妳還，不會死吧？」

她仍舊驚訝地無法回答。病房被一片沈寂籠罩，這讓我害怕，於是我繼續說。

「妳之前就有點奇怪了。」

「…………」

「妳在隱藏什麼吧？太明顯了。玩真心話大冒險，還突然抱住我。我問妳發生了什麼事的時候，妳的反應也不對勁。突然停頓下來，妳以為我不會覺得奇怪嗎？別看我這樣，妳生了重病我還是很擔心啊！」

我不知道自己能把話說得這麼快，這樣喋喋不休。說完了上氣不接下氣，不只是因為喘不過氣來。我很困惑，不明白想隱藏實情的她，也不明白想干涉她的自己。

她仍舊帶著非常驚訝的表情。我望著她，因為有別人比自己狼狽而感到安心的原理，讓我稍微安心了一些。我把椅子扶起來坐下，鬆開抓著床單的手。

我望著她的面孔，她雙眼圓睜，嘴唇緊抿。她是不是又想隱藏真心了？這樣的話，我該怎麼辦呢？我有進一步追究的勇氣嗎？就算有，那有什麼意義呢？

我……到底該怎麼辦？

我思索了一下，答案出來了。

她的表情總是變化萬千，所以即使現在呆呆的面孔，也讓我覺得不管她的表情是什麼形式，都還是充滿了豐富的變化。

不對。這次她的臉色真的慢慢改變了。緊抿的嘴角以蝸牛般的速度上揚，圓睜的雙眼也像閉幕一樣慢慢瞇起，僵硬的面頰跟冰塊融化一般緩和下來。

她以我花上一輩子也沒辦法達成的表情笑起來。

「要不要我告訴你？發生了什麼事。」

「……嗯。」

我好像要被斥責的小孩一樣緊張。

她張大了嘴，彷彿十分幸福地說。

「什——麼也沒有喔。我只是在想你的事。」

「我的事？」

「對，你的事。真心話大冒險也是，我想問的問題沒什麼大不了的。一定要說的話，就是我希望我們的交情能更好些。」

「……真的？」

我以懷疑的聲音問道。

「真的。我不會對你說謊。」

她可能只是嘴上呼攏我，即便如此，我還是無法隱藏自己鬆了一口氣。

我一下子鬆懈下來，雖然知道這樣很天真，但還是信了她的話。

「嘻嘻嘻嘻嘻嘻嘻嘻嘻嘻嘻。」

「……………怎麼啦？」

「沒有啦，我現在覺得好幸福喔，簡直要死掉了。」

「不行。」

「你希望我活著？」

「…………嗯。」

「嘻嘻嘻嘻嘻嘻嘻嘻嘻嘻嘻嘻嘻嘻嘻嘻嘻嘻嘻。」

她看著我，笑得異常開心。

「真是，我完全沒想到你竟然這麼需要我，真是太榮幸了。你這個家裡蹲第一個需要的人，是我吧！」

「誰是家裡蹲啊？」

我一面吐槽，一面覺得臉上好像要火山爆發似地難以為情。我擔心她，是因為不想失去她，她對我而言是必要的。

雖然是事實，但說出來比我想像中更讓人不好意思。我全身的血液好像都沸騰著往頭上衝，這樣的話我會先死掉。我深呼吸，將熱意往體外發散。

她完全沒有讓我喘口氣的意思，繼續愉快地說道。

「我的樣子跟平常不一樣，所以你以為我馬上要死了，然後沒告訴你？」

「……對，妳住院的時間又突然延長了。」

她哈哈大笑，手上的點滴好像都要掉了。被她笑成這樣，就算是我也會不爽。

「妳讓我誤會，是妳不好吧。」

「我之前不就說過了嗎？還有時間的！要不然我不會練習魔術啊——。你剛才說的什麼停頓，為什麼會介意那種事情？真是小說看太多了吧！」

說完她又笑起來。

「沒事的，要死的時候我會告訴你。」

她又哈哈大笑。她這樣笑我，害我也覺得好笑了起來。她是在告訴我，我似乎誤會大了。

「我死了，你要把胰臟吃掉喔。」

「如果壞掉的地方沒了，妳是不是就不會死了？那我現在就吃掉吧？」

「你希望我活著？」

「非常希望。」

幸好我是那種說實話也看起來像是在開玩笑的人，要是她真的接納了我真正的坦率，疏忽人際關係的我就尷尬得再也沒法露面了。

我不知道她到底是怎麼想的。她開玩笑似地說：「哇——，好高興。」然後對我張開雙臂，愉快的表情看起來很像是開玩笑。

「你最近是不是也開始喜歡某人的體溫了？」

她嘻嘻哈哈地笑著說的話，一定是在開玩笑。因此，我也玩笑地認真回應她。

我站起來走近，開了第一次主動伸手摟住她的玩笑，她也好像鬧著玩似地「呀——」地叫了一聲摟住我。要深究其中意義就太不解風情了。玩笑是沒辦法講道理的。

我們就這樣維持著同樣的姿勢。我覺得很神奇。

「啊，今天恭子同學沒在這個時候進來呢！」

「她今天有社團活動。是說你把恭子當成什麼了？」

「拆散我們的惡魔吧。」

我們倆一起笑起來。我適時放開她，她又用力摟住我的背脊一次，然後放開我。我抽身後退，兩人像鬧著玩一般滿臉通紅，我們都笑了。

「說到死啊……」

兩人都平靜下來後，她說。

「這種發語詞還真是前所未聞。」

「最近我想開始寫遺書了。」

「也太早了吧？妳說還有時間，到頭來是騙我的？」

「不是啦。我得反覆推敲修改，讓最後的成品像樣啊。所以我開始寫草稿了。」

「這樣很好。寫小說也是得花時間反覆修改的。」

「是吧，我果然沒錯。你期待著我死後看我寫好的遺書吧。」

「我很期待喔。」

「期待我早點死？太——過份了。我是可以這麼說啦。但你需要我，不希望我死呢——」

雖然她臉上堆笑，但我感情上已經瀕臨界限，就不再坦率地點頭了。我回以冷淡的視線，但她毫無反省的意思，繼續嘻嘻笑著。這搞不好是她病情的症狀。

「對了，既然我讓你擔了不必要的心，等我出院就第一個跟你玩吧。」

「這種道歉態度還真是傲慢啊。」

「你討厭嗎？」

「不討厭。」

「『？？？？？』同學真的會這樣呢。」

到底是會怎樣？我好像自己明白了所以就沒問。

「出院那天，我會先回家一趟，然後下午就自由了。」

「要做什麼？」

「嗯——，要做什麼呢？我出院之前你還會來幾次吧？慢慢想囉。」

我也同意了。她命名為「約會的承諾」這個預定計畫，在她出院之前的兩週內，決定依照她的希望去海邊。此外，還加上順道去咖啡店，讓她表演魔術給我看。

其實我在跟她約好出院後的計畫時，很擔心這會不會是什麼伏筆，搞不好在她出院之前會發生什麼重大事件。但並沒有發生什麼事，她出院的日子就快到了。我可能真的如她所說，是小說看太多了也說不定。

延長兩週的住院期間，學校輔導課也結束了，我們開始放暑假。我去醫院看了她四次，其中一次碰到了閨蜜同學。她哈哈大笑了兩次，連病床都震動了。我要走時她鬧了三次脾氣。我摟住她的背四次，沒有一次是習慣的。

我們講了很多笑話，一起盡情歡笑，一起互相尊重。我喜歡我們像小學生般的日常生活。這到底是怎麼回事？旁觀的那個我非常驚訝。

我要對俯瞰一切的我說：「我喜歡和別人相處。」跟某人在一起時，完全沒想過要自己獨處，這是有生以來第一次。

這世界上最受人際關係感動的人一定是我。我的兩星期全部都集中在她的病房裡。只有四天，那四天就是我兩星期的全部。

因為只有四天，所以她馬上就要出院了。

她出院那天，我一大早就起床。基本上我都很早起，不管是晴天還是雨天，有沒有計畫都一樣。今天天氣晴朗，我有計畫。打開窗子，彷彿看得見室內跟室外的空氣交流，這是個非常舒爽的早晨。

我下樓洗臉，走到客廳時父親正要出門。我跟他說了路上小心，他高興地拍了我的背，然後離開。他一年到頭都精神飽滿，這樣的父親怎麼會生出我這種孩子，一直都覺得很不可思議。

餐桌上已經準備好了我的早餐。我跟母親說：「我開動了。」在桌邊坐下之後再一次對著食物說：「我開動了。」然後開始喝味噌湯。我很喜歡母親做的味噌湯。

我享用著食物，母親洗完碗盤，在我對面坐下開始喝咖啡。

「喏，你啊……」

會這麼叫我的，現在只有母親跟閨蜜同學了。

「什麼？」

「你有女朋友了吧？」

「……什麼？」

這個人，一大早在說什麼啊？

「不是嗎？那是你喜歡的女生吧？不管是哪種下次帶她回來吧！」

「哪種都不是，我不會帶她回來的。」

「唔——，我還以為是。」

我心想她有什麼理由這麼以為，但可能是母親的直覺也未可知。雖然完全錯了。

「只是朋友啦！」

那也不對。

「不管怎樣都好。第一次有能理解你的人出現，我很高興。」

「……什麼？」

「你以為我沒發現你在說謊嗎？不要小看你媽。」

我懷著感謝之心，目不轉睛地望著正在嘲笑我的母親。母親跟我不一樣，眼睛裡閃耀著堅強的意志，她好像真的很高興。真是的，敗給她了。我允許嘴角掛上笑意。母親一面喝咖啡，一面看電視。

我跟她約的時間是下午，上午我就看書打發。跟她借的《小王子》還在排隊，我躺在床上看之前買的推理小說。

時間很快過去了，中午前我就換上簡單的便服出門。我想去書店，所以比約好的時間早到了車站，走進附近的大書店。

閒逛了一會兒，買了一本書，然後去約好碰面的咖啡店。那家店離車站不遠，走一會兒就到了。今天不是假日，店裡人比較少，我點了冰咖啡，在窗邊的位子坐下。距離約好的時間還有一小時。

店裡開著冷氣，我體內卻積蓄著熱意。喝下冰咖啡，品味著咖啡好像在體內逡巡的快感。要是真的這樣，我會先死掉，但那只是我的想像而已。

藉助冷氣和咖啡的力量止住了汗，肚子卻咕咕叫了起來。過著健康的生活，到了中午肚子就會餓。腦中瞬間掠過要找點東西吃的想法，但我已經跟她約好一起吃中飯了。現在安撫肚子的話，她要是再拉我去吃到飽，那我肯定會後悔的。她就會這樣。

回想起曾經連續兩天都跟她一起吃中飯，不禁笑了起來。那已經是一個多月以前的事了。

我乖乖地等她到來，並把看到一半的文庫本放在桌上。

我當然打算要看，但不知怎地，卻望著窗外。不知道為什麼。要是一定要說理由，我只能說不知怎地。這完全不像我，簡直像是她那樣漫不經心的理由。

形形色色的人在強烈的陽光下來來去去。穿著西裝的男性看起來很熱，為什麼不把西裝外套脫掉呢？穿著背心的年輕女性輕快地朝車站方向走去，應該是有什麼開心的計畫吧。看起像是高中生的一男一女牽著手，他們是一對。推著娃娃車的媽媽……。

我思索了一下，鬆了一口氣。

在窗外行走的那些人，肯定一輩子都跟我扯不上關係。毫無疑問，完全是陌生人。

既然是陌生人，那我為什麼要想著他們的事呢？我以前不會這樣的。

我一直以為自己不會對周圍的人產生興趣。不，不對，我是不要產生興趣。我這種人。

我不由得逕自笑起來。原來我改變了這麼多啊！真是太有趣了，忍不住笑出聲。

今天應該會見到的她的面孔，浮現在我腦中。

我被改變了，毫無疑問地被改變了。
遇見她的那一天，我的性格、日常和生死觀全都改變了。
對了，要是讓她說的話，是我在之前的選擇中，選了要讓自己改變。
我選擇拿起被留在沙發上的文庫本。
我選擇翻開文庫本。
我選擇跟她說話。
我選擇教她圖書委員的工作內容。
我選擇接受她的邀約。我選擇跟她一起吃飯。
我選擇跟她並肩而行。我選擇跟她一起旅行。
我選擇去她想去的地方。我選擇跟她睡在同一間房裡。
我選擇了真心話。我選擇了大冒險。
我選擇跟她睡在同一張床上。
我選擇吃掉她剩下的早餐。

我選擇跟她一起看街頭藝人表演。

我選擇推薦她學魔術。

我選擇買超人力霸王的玩偶給她。

我選擇了伴手禮。

我選擇回答旅行很開心。

我選擇去她家。

我選擇下將棋。我選擇對她動粗。

我選擇把她壓倒。我選擇傷害班長。

我選擇被他揍。我選擇跟她和好。

我選擇去醫院探望她。我選擇了伴手禮。

我選擇替她補習。我選擇離開的時機。

我選擇逃離閨蜜同學。我選擇看她表演魔術。

我選擇玩真心話大冒險。我選擇了問題。

我選擇不掙脫她的擁抱。我選擇質問她。

我選擇跟她一起笑。

我選擇摟住她。

我做了許多次這種選擇。

分明可以做其他的選擇，但我卻以自己的意志選擇了現在在這裡。跟以前不一樣的我，現在在這裡。

原來如此，我現在才發覺。

沒有任何人是，甚至我也不是什麼草船。要不要隨波逐流，都由我們自己選擇。

教會我這一點的，毫無疑問就是她。她分明馬上就要死了，卻比任何人都積極向前，掌握自己的人生。她愛這個世界，愛所有人類，愛自己。

我再度想著。

我對妳……

口袋裡的手機震動起來。

『我現在回到家了——！可能稍微晚一點，對不起。(;゜д゜)我想打扮得可愛一點給你看！(^○^)』

我看了簡訊，稍微想了一下，回道：

『恭喜出院。我正在想妳呢。』

我玩笑般的簡訊她立刻回了。

『真難得你會說這種讓我開心的話！怎麼了，你生病了嗎？(^_-)』

我立刻回訊。

『我跟妳不一樣，健康得很。』

『好過份！你傷了我的心啦！罰你誇獎我！』

『我想不出哪裡傷了妳的心，是我有問題還是妳有問題啊。』

『你真的好過份！好啦，快點。』

我把手機放在桌上，雙手抱胸開始思考如何稱讚她？

她值得稱讚的地方實在太多了，手機的記憶體一定裝不下。

我跟她相遇，真的學到了很多。她教了我許多在此之前從來都不知道的事。

這樣傳簡訊聊天也是她教我的。我第一次知道了跟別人對話的樂趣，所以選擇會讓她回我有趣訊息的話。

話說回來，她了不起的地方是個性的魅力，跟她還能活多久完全沒有關係。她一定一直都是這樣的人。當然思想會慢慢成形，詞彙會漸漸豐富，但基礎一定和她一年後就要死了沒有關係。

她這個人本身就很厲害，我覺得這點真的很了不起。

我老實說吧，每次從她那裡學到什麼，我都覺得她很了不起，是跟我完全相反的人。懦弱的我只會把自己封閉起來，而她卻能坦然說出我無法說的話，做我無法做到的事。

我拿起手機。

妳真的很厲害。

我一直這麼覺得，但卻一直無法以明確的言辭表達。

雖然如此，那時我就明白了。

她教會了我生存的意義的那個時候。

我的心，被她填滿了。

我對妳……

「我其實，想成為妳。」

成為能認可別人的人，成為能被別人認可的人；成為能愛別人的人，成為能被別人愛的人。

用言辭表達出來跟我的心意完全吻合，我知道自己漸漸沈浸其中。我的嘴角自然上揚。

我要怎樣成為妳呢？

我要怎樣才能成為妳呢？

我要怎樣？

我突然發現確實有這種意義的慣用語。

我輸入這幾個字，又立刻刪除，我覺得這不夠有趣。要讓她高興應該有更適當的言辭才對。

『我要以妳為榜樣。』

我又仔細想了一下，在記憶的一角，不，或許是中央也未可知，浮現了一句話。

我找到了這句話，非常高興，甚至覺得非常得意。

送給她的言辭沒有比這句話更好的了。

我全心全意傳了簡訊給她。

我說……

『我想吃掉妳的胰臟。』

我把手機放回桌上，滿心歡喜地期待她的回信。幾個月前的我，絕對不會相信自己會期待某人的回應。幾個月前的我選擇成為現在的我，所以我不會讓他抱怨。

我一直在等她的回信。

一直。

但是她的回信一直沒來。

時間不斷流逝，我肚子越來越餓。

過了約好的時間，現在我開始期待她來了之後的反應。

但是她一直沒來。

過了三十分鐘，我並沒特別介意，繼續等待。

一小時過去了，兩小時過去了，我坐立不安，開始擔心了。

過了三小時，我第一次試著打電話給她，但她沒有接。

過了四小時，外面天色已近黃昏，我離開了咖啡店。我知道出事了，但不知道出了什麼事。我懷抱著漠然的不安，不知如何消除這種不安感，只發了簡訊給她，無計可施只好先回家。

回家之後，我心想，或許她被父母強行帶到什麼地方了。不這麼想我無法抹消心中糾結的恐懼。

我始終坐立難安。我想，那個時候全世界的時間都停止的話就好了。我有這種想法，是在滿腹不安地面對晚餐，看著電視的時候。

直到那個時候，我才知道她為什麼沒有出現。

她說了謊。

我也說了謊。

她說她要死時會告訴我，她沒有遵守約定。

我說我一定會把跟她借的東西還給她，我沒有遵守約定。

我再也沒辦法見到她了。

我看了新聞。

我的同班同學山內櫻良，被附近居民發現倒在住宅區的小巷裡。

她被人發現後立刻緊急送醫，但急救無效，停止了呼吸。
新聞主播無動於衷地陳述著事實。
我拿在手裡裝樣子的筷子掉在地上。
她被發現的時候，胸口深深插著一把市售的尖菜刀。
她遇上了之前驚動社會的隨機殺人魔。
不知道姓啥名誰的犯人，立刻就被捕了。

她死了。

我太天真了。
到了這個地步，我還這麼天真。
我天真地以為她還有一年的時間。
說不定連她也可能這麼以為。
至少我誤解了沒有人能保證會有明天的事實。

我理所當然地認定時間不多的她一定會有明天。

這是多麼愚蠢的理論。

我相信這個世界至少會縱容時間不多的她。

當然沒有這種事。根本沒有。

世界是一視同仁的。

世界平等地攻擊像我這樣健康的人，跟罹患重病即將死亡的她。

我們錯了。我們太傻了。

但是，有誰能揶揄犯錯的我們呢？

在最後一集結束的戲劇，不到最後一集是不會結束的。

決定腰斬的漫畫，在腰斬之前不會結束。

預告了最終章的電影，在最終章上映前不會結束。

大家一定都是這麼相信的。大家一定都是這麼學習的。

我也這麼以為。

我相信小說沒看到最後一頁，是不會結束的。

她會笑我吧？說我小說看太多了。

被笑也沒關係。

我想看到最後一頁。我打算看到最後一頁的。

她的故事最後幾頁成了白紙，就這樣結束了。

沒有鋪陳，沒有伏筆，謎題也沒解開。

我已經什麼都無法得知了。

她計畫的繩子惡作劇到底結果如何？

她練習了怎樣厲害的魔術？

她到底是怎麼看我的？

全部無法得知了。

……我是這麼以為的。

她死了以後，我就放棄了。
但後來我發現那不是真的。
葬禮結束，她已經化成白骨，我還是沒去她家。
我每天窩在家裡，看書度日。
結果我花了將近十天的時間，才找到去她家的勇氣跟理由。
暑假結束之前，我想起來了。
她的故事最後那幾頁，說不定只有一個辦法可以讀到。
那也可以說是我和她的開始——
《共病文庫》
我非讀不可。

8

天空下著雨。暑假馬上就要結束了，這樣一來，沒人想寫還沒做完的暑假作業吧。

一起床，我腦中就浮現一個念頭——這已經是沒有她的這個世界，第十天的早晨。

順便一提，我是那種會早早把暑假作業寫完的人，到目前為止，從來沒有在暑假結束前手忙腳亂趕作業的經驗。

我下樓梳洗，準備去上班的父親走到洗面台前檢查儀容。我跟父親問好，正要走出去，他拍了我的背。我不知道這是什麼意思，但要思考實在太麻煩了。

母親在廚房，我跟她打招呼，然後坐在餐桌前，慣常的早餐已經準備好了。我雙手合十，然後開始喝味噌湯，母親的味噌湯總是這麼好喝。

我吃著早餐，母親端著一杯香氣四溢的咖啡走了過來。我轉頭望去，她正看著我。

「你啊，今天要出門吧。」

「嗯，中午過後。」

「來，這個給你。」

母親若無其事地遞給我一個白色信封，我接過來看裡面是什麼，裡面有一張一萬日圓紙鈔，我驚訝地望著母親。

「這個……」

「好好去告別吧。」

母親只說了這句話，就轉頭看電視，因藝人無聊的一句話發笑。我默默地吃完早餐，拿著白色信封回自己房間。母親什麼也沒有說。

中午之前我都在自己房間裡，然後換上制服準備出門。我不知從哪裡聽到穿制服比穿便服要好，這樣不會讓她家裡人覺得奇怪。

我到樓下洗面台整理睡亂的頭髮，母親已經去上班了。

回自己房間把必要的東西放進包包裡，母親給的錢、手機、《小王子》，跟她借的錢還是還不出來。

走出玄關，外面下著大雨，落地的雨點濺起來，制服的鈕釦上立刻出現好些水滴。不撐傘不行，所以我沒騎腳踏車，而是步行去她家。

平日的中午，大粒的雨滴，路上沒什麼行人，我靜靜地朝著學校的方向走去。

我在學校附近的便利商店買了奠儀用的紙袋，幸好店裡有用餐的桌位，我在那裡把錢裝進袋子裡。

經過學校又走了一會兒，來到住宅區。

啊，這樣啊。

住宅區的一角。我突然冒出一個很失禮的念頭。

她就是在這附近被殺的。今天也幾乎沒有行人，那天應該也是一樣的吧。她被刺殺了。並不是被她得罪的人，也不是同情她命運的人，而是不知長相跟名字，完全陌生的人。

不可思議的是，我並沒有罪惡感，像是要是那天沒跟我約好見面她就不會死了之類的念頭。我明白後悔也沒有意義，而且問題根本不在這裡。

會有人覺得我這麼冷靜很無情無義吧。誰會覺得？

我很悲傷。

雖然很悲傷，但是我並沒有崩潰。失去她當然悲傷，但比我更悲傷的一定大有人在。待會要見到她的家人、閨蜜同學，還有班長可能也是這樣。這麼一想，我就無論如何也沒辦法坦誠地接受悲傷。

而且就算大哭大叫，她也不會回來了。這個理所當然的結論，緊緊維繫著我的精神不至於渙散。

我在雨中前進，經過了我挨打的地方。

我要去她家，卻不怎麼緊張，我只想到要是沒人在家怎麼辦。

第二次站在她家門口，我毫不猶疑地按了門鈴，過了一會兒有人回應。太好了。

「……請問是哪位？」

一個含糊不清的女性聲音。

我報了姓名，說是山內櫻良的同班同學。女性說：「啊……」沈默了一會兒之後，終於說：「請等一下。」對講機掛斷了。

我在雨中等待，一位削瘦的女性走了出來。看來是她母親，雖然臉色很糟，但跟她很像。我打了招呼，她露出非常勉強的笑容，請我進門。我收起傘，走進玄關。

大門關上，我低頭道歉。

「抱歉我這麼冒昧來訪。守靈跟葬禮我都有事不能來，所以想說至少應該來給她上個香。」

她母親聽了我真假參半的話，又露出勉強的笑容。

「沒問題，現在只有我在家。櫻良一定也很高興。」

高興的她現在在哪裡呢？我心裡這麼想，但當然沒說出口。

我脫了鞋子，走進屋內，不知是不是心理作用，她家比我上次來時還寬敞又冷清。

我進入上次來時沒去過的客廳。

「那就先上香吧。」

我點點頭。她母親帶我走到客廳旁邊的榻榻米間。眼前的景象，讓我一瞬間覺得身心都一起大大地動搖。我以搖搖晃晃不自然的腳步，走到擺著各種東西的木頭架子前面。

她母親跪下從架子下方拿出火柴，點燃放在香爐台上的蠟燭。

「小櫻，妳朋友來了喔。」

她母親低聲對著架子上的遺照說。聲音沒有傳到任何地方，只變成一層空虛的薄膜，附在我耳朵上。

我在她母親的敦促下，跪坐在架子前的坐墊上。

不論情願與否，都面對著她。

跟生前的她一模一樣，現在也像是會發出笑聲的笑臉。

不行……

我把視線從照片上移開，敲了一下不知道叫做什麼名字的器具，雙手合十。

這是怎麼了，我根本沒辦法想該祈禱什麼。

她母親跪坐在我旁邊，上香結束後我轉向她離開了坐墊。她母親疲倦地對我微笑。

「我跟小櫻同學借了東西。可以還給您嗎？」

「那孩子的？…………嗯，是什麼呢。」

我從包包裡拿出《小王子》，遞給她母親。伯母好像心裡有數，接過之後在胸前摟了一下，然後像祭品一樣放在她遺照旁邊。

「……謝謝你跟櫻良做朋友。真的謝謝你。」

伯母恭謹地低下頭，我很困惑。

「哪裡，我才是。小櫻同學生前非常關照我。她一直都非常開朗，和她在一起連我都跟著開心起來。」

「……是啊，她一直都非常開朗。」

伯母欲言又止。我想起來她患了胰臟病的事，除了家人之外應該沒人知道。

我本來想隱瞞自己知情，但隱瞞的話就沒辦法達成原來的目的了。

老實說，我的良心懷疑，事到如今跟她的家人說這種話到底合不合適，但我立刻把那個自己踢飛了。

「那個……我有話要說。」

「嗯，什麼？」

伯母的表情溫柔又哀傷，我再度打倒良心。

「其實……我知道她生病的事。」

「咦……」

伯母跟我意料中一樣非常驚訝。

「是她跟我說的。所以，這真是意想不到的悲劇。」

伯母驚訝地用手掩住嘴。果然她的家人都以為她沒有跟任何人說生病的事。我就知道是這樣。因為她多次讓我在病房碰到閨蜜同學，卻絕不讓我見到她的家人。雖然要是見到的話，困擾的人是我。

「其實我偶然在醫院碰到她，是那個時候她跟我說的，但我不知道她為什麼告訴我。」

伯母沒有說話，我趁著她沈默時繼續說下去。

「除了我以外，她對其他同學都很保密。所以我突然跟您這麼說，您一定很驚訝。我很抱歉。」

我直擣這次來訪的核心。

「我今天來訪，其實除了上香以外，還有一個請求。我想請您讓我看她生病以後，寫的像日記一樣的筆記。」

「……………」

「《共病文庫》。」

這四個字成了導火線。

伯母，山內櫻良的母親，掩著嘴開始流淚。靜靜地、靜靜地，像是要抑制聲音一般，伯母哭了。

我不明白伯母眼淚的含意。伯母一定很悲傷，但我不明白我知道她生病的事實，是不是讓她更哀傷。因此，我不知該如何安慰，只能默默地等待。

眼淚終於漸漸停止的時候，伯母凝視著我的眼睛，開始慢慢告訴我流淚的理由。

「原來，是你啊……」

這是什麼意思啊？

「太好了……太好了……你來了……真的太好了。」

我越來越迷糊了，只能呆呆地望著她流淚。

「你等一下……」

伯母站起來，走到榻榻米間外面。我一個人留在原處，思考伯母的淚水和言辭的意義，但什麼也想不出來。

在我能想出結論之前，伯母就回來了，手裡拿著我見過的文庫本。

「就是，這個吧……」

伯母流著眼淚，把文庫本輕輕放在榻榻米上推向我。這確實是她片刻不離身的筆記本，裡面的內容她一直很保密。只有一次例外。

「對，《共病文庫》。我聽說這是她生病以後開始寫的日記般的文章。她活著的時候我沒有看過內容，但她告訴我說死了以後要公開給大家看。她有跟您提過這件事嗎？」

伯母不斷點頭，淚水隨著她的動作滴在淺色的裙子和榻榻米上。

我正式低下頭請求。

「能讓我，看看嗎？」

「……嗯……當然、當然可以……」

「……謝謝您。」

「這是小櫻留給你的。」

伸向文庫本的手停住了。我無意識地停下動作，望向伯母。

「……咦？」

伯母眼中的淚光更濃了。她說道。

「小櫻……跟我說了……。這本日記……在她死了以後，要給某個人……。唯一一個……知道她生病的人……她說有個人……知道這本《共病文庫》……」

淚光融化在空氣中，我只能默默地傾聽。

滿面笑容的她在旁邊看著我們。

「她說那個人……那個人……很膽小……可能不會來參加葬禮，但他一定會來拿這本冊子……。在他來之前……除了家人以外，不要讓任何人看……她說的話，我記得非常清楚……本來應該沒這麼快的……」

伯母終於抑制不住激動的情緒，雙手掩面痛哭出聲，我只能楞在一旁。

這跟我聽到的不一樣。她說，要留給我？

我跟她一起的記憶在腦中閃過。

伯母的聲音從淚水的間隙流洩出來。

「謝謝你……真的謝謝你……多虧了你……那孩子……那孩子……對你……」

我忍耐不住，伸手拿起放在面前的文庫本。沒有人阻止我。

一開始的幾天，是從她中學時的獨白開始。

『20××年11月29日
雖然我不想寫灰暗的內容，但還是得先把這些寫下來。得知生病的時候，我腦中一片空白，不知該怎麼辦才好。我害怕得拼命哭泣，發脾氣遷怒家人，做了各種各樣的事。首先，我想為此跟家人道歉，對不起。也謝謝你們在我平靜下來之前，一直守護著我。……』
『20××年12月4日
最近好冷。知道生病以後，我想了很多。其中之一，就是我決定不要怨恨自己的命運。所以我把這份記錄命名為共病文庫，而不是抗病。……』

她每隔幾天就記錄下日常生活發生的事，這樣持續了幾年。話雖如此，這段期間的記錄都很短。跟我想知道的事情多半沒有什麼關連，便很快速看過去。當然也有我有興趣的段落。

『20××年10月12日
我交了新的男朋友，感覺好神奇。要是跟他長久交往下去，可能不得不告訴他我生病的事吧。真討厭。』
『20××年1月3日
分手了。正月的頭三天就分手，是不是壞兆頭啊？幸好有恭子安慰我。』
『20××年1月20日
總有一天得跟恭子說我生病的事，但是那到最後的最後再說就好，因為我想跟恭子一起開心地玩到最後。要是恭子看到這段，我很抱歉沒告訴妳。我沒說我要死了，真對不起。』

中學畢業後，她上了高中，跟閨蜜同學一起竭盡全力歌頌青春。一年過去了，她升上二年級，雖然感覺死亡漸漸逼近，她卻仍積極開朗地過日子。

她的一言一語都深深打動了我的心。

『20××年6月15日

我是不是漸漸像高中生了呢？遲疑了好久要不要加入社團活動，結果還是沒加入。雖然考慮過幾個文化類型的社團，但為了多珍惜跟家人和朋友在一起的時間，還是決定不參加。恭子仍舊每天汗流浹背地練排球。恭子加油！』

『20××年3月12日

常有人說，看見櫻花凋謝很惆悵，但我看見櫻花盛開也很惆悵，因為我會計算還能看幾次櫻花。但其實也是有好事。我眼中的櫻花，一定比同年齡的任何人看起來都漂亮吧。……』

『20××年4月5日

我上二年級了！跟恭子同班——！太好了——！同班的還有陽菜跟里

香，男生的話有孝宏。運氣真好。可以說是胰臟的運氣全到這裡來了吧！這麼說來……』

於是在青春中，有一天，她跟我相遇了。

我們雖然很久以前就知道彼此的存在，但相遇是在那一天。

『20××年4月22日

今天我第一次跟家人以外的人說了我生病的事，對方是同班的●●同學。他偶然在醫院撿到了這本共病文庫，看到了內容，所以我就想算啦！於是就說出來了。可能是我想跟人訴說。然後就是●●同學好像沒什麼朋友，應該會記住我的事。其實在此之前，我就注意到●●同學了。一年級的時候我們也同班，不知道他記不記得？他總是在看書，簡直像是一直跟自己戰鬥一樣。今天跟他說了話，真的非常有趣，我立刻喜歡上他了。真是單純。我覺得●●同學跟其他人有點不一樣，我想進一步瞭解他。反正我的秘密都被他知道了。』

我的名字被原子筆塗成圓圓的黑點，可能是因為我說了想匿名，所以她才塗黑的吧。

從此處起，她的時間軸就開始跟我重疊了。大概每三天就有一篇記錄，幾乎都是些無關緊要的事。

『２０××年４月23日

我當上了圖書委員。寫在這裡也是白寫，但原來委員的人數是沒限制的，這種系統算什麼啊！我跟●●同學打了招呼，他露出為難的表情，但還是跟我解釋了工作的內容。我想跟他多聊聊別的。』

『20××年6月7日

小考一百分！不愧是我！「不愧是我」聽起來是不是像某種花的名字？最近覺得心情輕鬆了些。偶——而開一下我要死了的玩笑，●●同學就皺起臉回我很有趣的話。我慢慢開始瞭解他的為人，他果然是在跟自己作戰。』

『20××年6月30日

好熱。我並不討厭熱，流汗讓我有活著的感覺。體育課上了籃球。對了，●●同學說不希望自己的名字出現在共病文庫裡。我雖然學他的樣子說出討人厭的話，但我跟他不一樣，其實是坦率的人，所以偶爾也接受他的主張。從這裡開始，就不寫他的名字了。』

果然如此。我繼續往下看，從這天起，我的名字真的就沒再出現。我又明白了一件事，正因如此，伯母並不知道是誰知道她生病的事。想到她家人的心理負擔，我可能說了多餘的話。我繼續看下去，這種感覺越來越強。

『20××年7月8日

今天有人建議我把時間花在想做的事情上。我想了一下要做什麼？就說想跟給我建議的人一起出去玩，還要吃烤肉，就約了星期日一起去。……』

『20××年7月11日

烤肉好好吃！今天真開心，不能詳細寫下來真是可惜。要說的話只有一件事，那就是在我死前一定要讓他知道內臟有多美味。然後……』

『20××年7月12日

今天臨時決定去吃了好多甜點。早上去上學的時候突然想到的，接下來計畫了半天看要怎樣實行。因為一直在想這個，所以考試可能沒考好。』

我的名字不再出現後，她就不再記錄對我的看法。真是太失敗了。

到了這段期間，她每天都有記錄。

『20××年7月13日
今天開始，我只要想到想做的事，就在這裡寫下來。
・想去旅行（跟男生一起）。
・想吃好吃的內臟。
・想吃好吃的拉麵。
我的好主意真不少。』

『20××年7月15日
・跟不是男朋友的男生做不該做的事（笑）。
旅行的事等回來再寫。』

『20××年7月20日
考試的結果比想像中好！旅行好愉快，恭子也原諒我了，我的暑假開始得挺不錯的。雖然如此，但學校還是有輔導。可惡。』

『20××年7月21日

今天是非常糟糕，也非常美好的一天。我自己一個人稍微哭了一下。今天一直在哭。』

……是那天的事吧！我們吵架的那天。

想到她一個人哭泣，我意外地覺得肺部邊緣作痛。

『20××年7月22日

在醫院裡。我得住院兩星期，說是有什麼數值不對勁。我有一點，不對，還是不要在這裡說謊。我很不安。但是在周圍的人面前我都很逞強。我不是說謊喔！只是逞強。』

『20××年7月24日
我跳著舞想驅散心中的不安，結果被人看到了。超級不好意思的，加上人家來看我讓我鬆了一口氣，眼淚都要流出來了，我拚命忍住。在那之後度過了愉快的時光。心情輕鬆了。……』

『20××年7月27日
雖然發生了有趣的事，但礙於規則不能記下來。那就寫魔術吧……』

『20××年7月28日
壽命縮短了一半。』

我默默地閱讀她寫的字，說不出話來。

『20××年7月31日

我說了謊，這不是第一次真的說謊。有人問我發生了什麼事，害我又想哭，差一點就說出來了。但是覺得不行，所以還是沒說，我不想放棄他帶來的日常。我太軟弱了。總有一天說實話吧！』

『20××年8月3日

又被關心了，我又說謊了。露出那種鬆了一口氣的表情，叫我怎麼說出口呢？但是我很高興，簡直到了覺得活著竟然能這麼高興的地步。我一直不知道我如此被人需要，真的太高興太高興了。自己一個人的時候我哭了很久。我寫下這些，也是因為希望我死後他能知道我真正的心意，我果然很軟弱。但我想應該瞞過去了，沒想到我還滿擅長撲克臉的。』

『20××年8月4日
我最近好像太軟弱了！不要再寫灰暗的事情了！我忘了很久以前的決定！這幾天的日記說不定過後會刪掉。』

『20××年8月7日
其實從住院的時候開始，我就盡量設法讓某兩個人碰面。我希望他們能成為朋友，看起來好像很難（笑），我希望在我死之前他們能成為好朋友。
最近在練習大魔術！好期待表演啊。……』

『20××年8月10日
決定了出院之後要做什麼，要去海邊。我覺得一開始這樣就差不多啦。
最近我們要是不放慢腳步，好像就會一發不可收拾（笑），雖然那樣也不錯，但還是慢慢來吧。魔術，好難啊……』

『20××年8月13日

到這裡來之後，第一次吃到今年夏天的西瓜。比起哈蜜瓜我還是喜歡西瓜。小時候的喜好幾乎不會變呢。雖然這麼說，我以前並不喜歡內臟。吱吱喳喳嚼著瘤胃的小朋友最討厭了（笑）。我跟媽媽解釋了這本筆記的規則。再寫一次。這本冊子在某人來拿之前，絕對不能給家人以外的人看，也不可以問恭子或其他人某人是誰。…………』

『20××年8月18日

明天就出院了啊啊啊啊啊啊啊啊！

好好享受剩下的時光——！

耶耶耶耶耶耶耶耶耶耶耶耶！』

她的日記就在這裡中斷了。

怎麼會這樣。

我的不安果然是正確的。

她分明有事，卻一直隱瞞。

我又覺得內臟裡有什麼東西湧了上來。要鎮定，我安撫自己。現在已經無計可施了，事到如今也已經沒有辦法了。我極力找藉口穩住自己。

我一面深呼吸，一面思考現在該想的事。

我想知道的事情並沒有在《共病文庫》中找到。她到底對我有什麼看法，筆記本裡並沒有明確的答案。我知道她很看重我，但這我早就已經知道了，我想知道她是怎麼稱呼我的。

我甚為氣餒。

我閉上眼睛，讓呼吸恢復正常，無意中彷彿成了默禱。

我闔上筆記本，伯母在我面前文風不動地等待。我靜靜地把本子放在榻榻米上推向她。

「謝謝您……」

「……還有。」

「…………咦。」

伯母沒有拿回《共病文庫》，跟她一模一樣的眼睛，通紅地凝視著我。

「小櫻希望你看的部分，一定還在後面。」

我依言慌忙翻過一頁頁的白紙。

記錄出現在文庫本的最後。

她充滿活力、個性躍然紙上的文字。

我以為自己停止了呼吸。

『遺書（草稿）（會改寫很多次）

諸位鈞鑑：

有任何人看到這篇文章的話，就表示我已經不在這個世界上了吧。（這會不會太普通了？）

首先，我要為對幾乎所有人隱瞞了我生病的事實道歉。真的很對不起。

雖然這很任性，但我想跟大家一起過著正常的生活，好好玩耍、好好歡笑，所以我就默默地死了。

或許有人有話想跟我說也不一定。要是這樣的話，就請對我以外的人把想說的話都說了，要不然那些人也可能跟我一樣，不知道什麼時候就死了。對我已經來不及了，對其他人還來得及，請把想說的話都說了吧。

學校的各位同學（要不要個別分開寫呢？），跟大家一起上學真的很開心。我真的很喜歡文化祭和體育祭，但我最喜歡的還是跟大家一起過著日常生活。大家以後都會去各種地方，做各種事情，真是非常期待，可惜的是我看不到了。請多多創造回憶，到天國跟我分享吧。所以各位不能做壞事喔（笑）。喜歡我的人，討厭我的人，謝謝你們。

爸爸，媽媽，哥哥（這就算分開了吧？）真的非常感謝你們，我愛我的家人。我真的好愛好愛爸爸、媽媽和哥哥。我還小的時候，我們四人常常一起去旅行呢。我現在都記得很清楚。我從小就非常活潑外向，給大家惹了不少麻煩，現在我是不是成為讓父母驕傲的女兒了呢？我在天國也想當爸爸媽媽的女兒，就算轉世重生我也想當你們的女兒。所以請你們好好相處，轉生以後，再兩個人一起撫養我吧，我要和哥哥一起再當山內家的人。嗯——我想寫的太多了，沒法好好整理起來。

（重要的人果然還是要個別寫。家人的部分會重寫。）

恭子。

首先我要說，我最喜歡妳了。

我最喜歡恭子了。一點沒錯，最喜歡了。所以真的對不起。

一直拖到最後才跟妳說，對不起。（關於這點我還得好好想想才行。）
我無法說請原諒我。
但是請相信我，我最喜歡妳了。
因為我喜歡妳，所以說不出口。
我喜歡跟恭子在一起，一起歡笑、一起生氣、一起說蠢話、一起哭泣，
我曾經非常喜歡。
對不起，我錯了。
現在也非常喜歡。
一直都是現在進行式的喜歡。去了天國，轉世重生，都會一直喜歡。
我沒有勇氣破壞跟最喜歡的恭子在一起的歡樂時間。
對其他的朋友不好意思，但恭子一直是我最要好的朋友。我是不是愛上
恭子了呢？好，那下次轉生的時候，恭子要變成男生喔（笑）。
要幸福喔，恭子。

不管發生什麼事，恭子都沒問題的，因為我最喜歡的恭子絕對不會輸。

找個好丈夫，生下可愛的小寶寶，建立一個比誰都幸福的家庭。

老實說，我真想親眼看見。恭子的家◯（↑寫正式版本的時候，我不會哭的。）

我會在天國守護著恭子。

對了，我只有一個請求。我希望妳能把這當成我最後的請求來接受，我會很高興的。

我的請求是，我希望妳跟某人變成好朋友。

對，就是每次都被恭子瞪的那個人（笑）。

他是個好人，真的。只不過有時候會欺侮我（笑）。

但是，他啊……

（總之，關於他的說明之後再寫吧，笑。）

（要跟恭子說的話得再好好寫。）

最後，我有話要跟你說。

我不會寫名字的（笑）。

你，就是你喔。是你說不要具名的。

喲，你好嗎？（笑）

最近，我想說的話變多了（二年級的夏天）。

但要先說正事。

這本《共病文庫》，由你任意處置。

我會跟家人這麼說的。你若來拿的話就給你。

任意處置的意思，就是你拿到的這本筆記，隨便怎麼樣都無所謂。

可以撕掉、可以藏起來、可以給別人。

換句話說，我雖然寫了留言給許多人，但要不要給他們看都在你。

現在你在閱讀的時候，這本《共病文庫》就是你的了。要是不想要的話，就丟掉吧（怒）。

你給了我各種各樣的東西，這是我微薄的回禮。

上次的西瓜好好吃（笑）。（不知怎地，變成現在的敘述了。重寫就好了吧。）

嗯，我把現在想說的話寫下來。我覺得這是我真正的心意，要是我的心意改變了，那就重寫；要是我覺得討厭的話，就不寫了（笑）。那時就讓恭子殺了你吧（笑）。

從在醫院遇到你，也不過才過了四個月。真是不可思議，我覺得好像跟你在一起已經好久好久了。一定是因為我從你身上學到太多東西，過得非常充實的緣故。

我在日記裡也寫了，其實我早就注意到你了。你知道為什麼嗎？就是你常常說的一句話。

因為我也這麼覺得。

你跟我是完全相反的人。

我也這麼覺得。

我雖然這麼想，雖然很在意你，卻沒有機會和你交朋友。然後我們就偶然碰面了，不是嘛？我想那就只好交朋友啦——！結果我們成了好朋友，真是太好了。

最近是不是交情有點太好了啊——，我好像聽到有人這麼說（笑）。

那個，戀人遊戲？這是我隨便取的名字，但真的讓我心跳加速耶。現在還只是抱抱而已，這樣下去，我們會不會開玩笑似地親親啊，好緊張喔（笑）。

嗯——，那樣也不錯啦。你覺得這是震撼宣言嗎？但是真的那樣也好，就算不能當戀人，那樣也好。

我雖然有點煩惱，但是當你不知道什麼時候看到這裡時，我也已經死了

（笑），所以我就坦白了吧。

坦白說，我有好幾次，真的有好幾次，覺得自己愛上你了。比方說，你告訴我你初戀的對象時，我胸口都揪起來了呢，在飯店喝酒的時候也一樣，我第一次主動抱你的時候也是。

但是呢，我沒有要跟你成為戀人的意思，之後也一樣。我是這麼想的，大概吧（笑）。

說不定我們成為戀人也能順利，但已經沒有時間確定了，不是嘛？

而且，我不想用那麼平庸的名詞定義我們的關係。

像是戀愛、友情之類的，我們不是那樣。要是你愛上我的話會怎麼樣呢？我有點想知道。但我不想，也不知道怎麼問。

啊，上次我在醫院提議玩真心話大冒險的時候，想問的問題跟這有關。那就告訴你好了，因為我不知道答案，所以不算違反規則。

我想問的是——

「你為什麼不叫我的名字？」

我記得很清楚喔，我在新幹線上睡著的時候，你用橡皮筋彈我叫我起來，分明把我叫醒就好了啊，但是你沒叫我的名字。在那之後，我就一直很介意。你真的一次都沒叫過我的名字，總是叫「妳」。妳、妳、妳。

那時遲疑著要不要問你。你可能是因為討厭我，所以不叫我的名字，我是這麼想的。而且我不覺得這無關緊要，我其實沒什麼自信。我跟你不一樣，不倚靠周圍的人，就沒辦法維持自我。

所以我只能玩真心話大冒險才能問你問題，但最近開始覺得，其實不是這樣的。

下面是我擅自想像，要是錯了還請原諒。

你是不是害怕我在你心中成為什麼人？

你說過別人叫你的名字時，你喜歡想像周圍的人是怎麼看你的。你會想像，但是到底對不對根本無關緊要。

以下是我用對自己有利的方向來解釋——我覺得你並不是對我完全無動於衷吧！

所以我也跟你一樣，不敢去想像。

你害怕叫我的名字，不敢賦予意義。

你知道總有一天會失去我，所以不敢把我當成「朋友」或「戀人」。是不是這樣？如果被我說中了，那就在我墳前供一杯梅酒吧（笑）。

不用害怕啊。不管發生什麼事，人和人之間一定可以和睦相處的，就像你和我一樣。

啊，我寫了半天都說你在害怕，好像是指責你很怯懦，但其實不是的。

我覺得你是很厲害的人。

跟我完全相反、厲害的人。

順便的順便，我回答一下你之前的問題好了。超級大殺必死喔！

我是怎麼看你的？並不特別想知道？（笑）那就跳過不要看吧。

我呢。

其實很憧憬你。

我從不久之前就開始一直想著一件事。

要是我像你的話，就不會麻煩別人，也不會讓你和家人跟我一起悲傷，可以擁有自己的魅力，只為自己負起責任活下去。

當然，我現在的人生非常幸福，但是，我很憧憬就算周圍沒有人，也能自己一個人生活下去的你。

我的人生，前提是周圍永遠都有人在。

那個時候我才發覺。

我的魅力要是周圍沒有人在的話，就不成立。

我不覺得那是壞事，因為大家都是這樣，不是嘛？每個人都是以跟別人的關係來塑造自己的。我們班上的同學要是不跟朋友或者戀人在一起，就不知道自己是誰了。

跟某人比較、跟自己比較，這才第一次發現自己。
那就是，「對我而言生存的意義」。
但是你，只有你，一直都只有自己。
你不是靠跟別人的關係，而是憑著自省創造出自己的魅力。
我也想擁有自己的魅力。
所以那天你走了之後，我哭了。
就是你真的擔心我的那天。你說希望我活著的那天。
不需要朋友或是戀人的你，做出了選擇。
選的不是別人，而是我。
我第一次知道，有人需要我這個人本身。
我第一次覺得，自己是獨立的存在。
謝謝你。
這十七年來，我可能都在等你需要我。

就像櫻花等待春天一樣。

就是因為知道這一點，從不看書的我才決定選擇寫《共病文庫》做記錄也說不定。

我是因為自己的選擇，才遇見你的。

真的耶！你能讓別人這麼幸福，真是太厲害了——。要是大家都瞭解你的魅力就好了。

因為我早就發現你的魅力啦。

在我死前，想以你為榜樣。

寫下來之後我發現了。

這種平凡的言辭是不行的。用這種普通的句子表達我和你的關係，實在太可惜了。

我果然還是——

想吃掉你的胰臟。

（你的部分寫得最長，恭子好像會生氣，所以要再修正）

第一次草稿』

「…………」

看完之後我明白了。我重返現實，發現這個世界上已經沒有她了。

啊，崩潰了，我崩潰了。

我自己明白，知道已經無法阻止了。

但在那之前，我得先問一個問題。

「她的……小櫻同學的手機。」

「手機……？」

她母親站起來，很快就拿著一支手機回來。

「那個孩子……不在了之後，我不知道手機該怎麼處理。最近一直把電源關著。」

「麻煩您……請讓我看一下。」

她母親默默地把手機遞給我。

我打開折疊式的手機，啟動電源，等了一會兒，叫出簡訊程式，打開收件匣。

我在許多未讀訊息中找到了。

我傳送的，最後一句話。

我給她的，最後的訊息。

簡訊，已讀。

她……看到了……。

我把手機跟《共病文庫》放在榻榻米上，設法用顫抖的嘴唇，說出崩潰前最後的話。

「伯母……」

「……什麼事？」

「對不起……我知道，不應該這樣……但是……對不起……」

「…………」

「……我可以，哭了嗎？」

她的母親也流著淚，點了一次頭，原諒了我。

我，崩潰了。不對，其實早就崩潰了。

「哇啊啊啊啊啊啊啊啊啊啊！嗚啊啊——啊啊啊啊啊啊啊啊啊啊！啊啊啊啊啊啊啊，嗚，啊啊啊啊啊——啊啊啊啊啊啊啊啊啊啊啊——啊啊！嗚，嗚，啊啊啊啊啊啊啊啊啊——啊啊啊——」

我哭了。毫不羞愧，像嬰兒一樣哭嚎。把前額抵在榻榻米上，仰頭對著天花板，大聲地哭嚎。這是第一次。大聲地哭泣、在別人面前哭泣都是。因為我不想這麼做，因為我不想把悲傷強加在別人身上，在此之前從來沒有做過。但是，現在洶湧而上的各種感情，不允許我自己了結。

我好高興。

她看到了，我們心意相通。

她需要我。

我幫上了她的忙。

我好高興。

同時也難受到無法想像的地步。

耳中一直聽到，她的聲音。

眼前不斷浮現，她的面容。

她哭，她生氣，她笑她笑她笑。

她的，感觸。

氣味。

那甜甜的，氣味。

就像現在在這裡一樣。就像現在在這裡一樣，回想起來。

但是，已經不在了。她已經不在了。

不在任何地方。我一直凝視著的她，已經不在了。

她常常說我們方向不合。

那是自然。

我們並不望著同一個方向。

我們一直都望著對方。

從相反的方向，望著對面。

其實我們應該都不知道，應該都沒發覺，我們一直望著對方。

我們應該都各自在不同的地方，在沒有相關的地方。

但是我們相遇了。因為她主動越過了鴻溝。

即便如此，我還一直以為只有自己。只有自己覺得需要她，想要成為她那樣的人。

沒想到，我這種人。

她竟然會對我這種人……

我才是。

我才是。現在，我確定了。

我才是為了認識她，來到這個世界的。

我做了選擇。我做了生命中各種的選擇，只是為了與她相遇。

毫不懷疑。

因為我從來不知道自己能這麼幸福，這麼難過。

我活著。

多虧了她，這四個月我活著。

一定是第一次這樣活著。

因為跟她心意相通。

謝謝妳、謝謝妳、謝謝妳。

感激無以言喻，但感激的對象已經不在了。
不管怎麼哭泣，都無法傳遞。
不管怎麼叫喊，都無法傳遞。
想告訴她，我有多麼高興、多麼難受。
想告訴她，跟她共度的時光，比任何時候都要愉快。
想告訴她，我還想跟她在一起。
想告訴她，我想一直跟她在一起。
雖然不可能，要是能告訴她就好了。
就算是自我滿足，她能聽到就好了。
我好後悔。
我已經什麼都不能告訴她了。
我已經什麼都不能為她做了。
而我從她那裡獲得了這麼多。

我已經，什麼都不能……

9

我哭。一直哭，一直哭。

終於。

與我的意識無關，最後是生理機能讓我停止了哭泣。她母親還在我面前等待。

我抬起頭，伯母把天藍色的手帕遞給我。我遲疑地接過，上氣不接下氣地拭淚。

「這送給你。小櫻的手帕。你收下她會很高興的。」

「……謝謝……您。」

我坦率地道謝，用手帕擦拭眼睛口鼻，然後放進制服口袋裡。

我在榻榻米上正座。現在我也跟伯母一樣，紅著眼睛。

「對不起……我失態了……」

伯母立刻搖頭。

「沒關係的，小孩就是要哭。那個孩子也常常哭，以前就是個愛哭鬼。但是呢，遇見你那天，她在日記裡寫了，開始跟你相處之後，那個孩子就不哭了，當然不是完全不哭啦。所以我要謝謝你。因為有你，那個孩子度過了非常有意義的時光。」

我忍著又要流下來的眼淚，搖著頭。

「是她給了我非常有意義的時光。」

「……本來想邀你跟我們全家一起吃飯什麼的，但關於你的事，那個孩子絕口不提呢。」

伯母悲傷的笑臉又讓我動搖了。

我接受了動搖的自己，跟她母親說了一些和她在一起的回憶。沒提日記上沒寫的事，當然更不用說真心話大冒險，以及我們睡在同一張床上的事。

她母親一面聽我說，一面點頭。

說著說著，我覺得自己的心好像慢慢浮上來了。

雖然珍貴的喜悅跟悲傷仍然還在，但總覺得好像有些多餘的東西慢慢消除了。

所以我想伯母是為我著想才聽我說話的。

說到最後，我拜託伯母。

「我還可以再來上香嗎？」

「嗯嗯，當然。到時一定也跟我先生和兒子見見面。對了，也跟恭子……但是你們好像處得不太好的樣子。」

伯母吃吃笑起來，跟她一模一樣。

「是，沒錯。發生了一些事情，她很討厭我。」

「看哪一天，不必勉強啦，要是能的話，你跟恭子和我們全家一起吃飯吧。不只是想跟你們道謝，要是小櫻重視的兩個人能這樣相處的話，阿姨會很高興的。」

我們又說了幾句話，我答應以後還會再來，然後站起身。伯母一定要我收下《共病文庫》，我便帶回家了。母親讓我帶來的一萬日圓奠儀伯母不肯收。

伯母送我到玄關，我穿上鞋子後，再度道謝，伸手握住門把的時候被叫住了。

「對了，你叫什麼名字？」

伯母若無其事地問道。我轉過身回答。

「春樹。我叫志賀春樹。」

「啊，是不是有小說家叫這個名字？」

我吃了一驚，然後感覺嘴角浮現笑意。

「是。不知道您說的是哪一位就是了。」

我再度道謝告別，離開山內家的玄關。

雨停了。

回到家，母親已經回來了。她看著我的臉說：「你很努力啦。」我在晚餐時見到父親，他拍了我的背。果然不可以小看父母。

吃完晚飯，我躲在房間裡，一面重讀《共病文庫》，一面思考。途中我又哭了三次，但一直在思考。

思考著今後自己該怎麼做。為了她，為了她的家人，為了自己，我能做什麼呢？

我收下了《共病文庫》，能做些什麼呢？

左思右想之後，我在晚上九點後下了決心，採取行動。

我從書桌抽屜裡拿出一張資料，接著拿起手機。

我一面望著資料，一面輸入原本以為一輩子也不會用到的電話號碼。

那天晚上，我夢到跟她說話，又哭了。

中午過後，我抵達對方指定的咖啡店。

我比約定的時間稍微早到，對方還沒有來。我叫了冰咖啡，坐在窗邊的位子上。

我毫無困難地找到了指定的咖啡店。應該是偶然吧！她死的那天跟我約好見面的地方，就是這裡。

不對，不是偶然吧。我一面喝冰咖啡一面想，一定是她們常來的地方。

我跟那天一樣，望著窗外；跟那天一樣，形形色色的人們從窗外走過。

跟那天不一樣的是，約好見面的對象在約好的時間來了。太好了，我鬆了一口氣，我一直以為會被放鴿子。雖然跟那天的創傷不一樣。

恭子同學默默地在我對面坐下，用通紅的眼睛狠狠地瞪著我。

「我來了……怎樣？」

不可以膽怯。我極力克制震顫的心情，迎向她的視線，開口正要說話。

但是恭子同學阻止了我。

「你啊……沒參加小櫻的……葬禮。」

「…………」

「……為什麼？」

「那是……」

我遲疑沒有回答，店裡突然出現一聲巨響，時間一瞬間停止了，那是恭子同學用拳頭打在桌子上的聲音。

「……對不起……」

店裡的時間再度開始流動，恭子同學垂下眼瞼，小聲地說道。

我再度開口。

「謝謝妳來。我們，正式說話，是第一次吧。」

「…………」

「我有話要跟恭子同學說，才請妳來的，但不知要從何說起。」

「簡單說就好。」

「……說的也是。對不起，我有東西想給恭子同學看。」

「…………」

當然，要說的話跟她有關，我和恭子同學之間的接點，只有她了。我昨日煩惱許久之後，決定要和恭子同學好好談談。

來這裡之前，我想過要怎麼跟恭子同學說。首先該解釋我和她的關係，還是先說她生病的事？結果我決定先讓恭子同學看真相。

我從包包裡拿出《共病文庫》放在桌上。

「……書……？」

「這是《共病文庫》。」

「……共病文庫？」

我拿掉包在外面的書套讓她看。

恭子同學原本眼神渙散的眸子突然睜大了。我心想不愧是閨蜜。我很羨慕。

「……這是……小櫻的字。」

「對。」

我堅定地點頭。

「這是她的書。我收下了她的遺言。」

「……什麼遺言……」

接下來要說的話，讓我心情非常沈重，但是我不能不說。

「這裡面的記載都是真的。不是她的惡作劇，也不是我的惡作劇。這是她寫的類似日記的記錄，最後的幾頁，是給恭子同學和我的遺書。」

「……你在……說什麼？」

「她生病了。」

「……胡說，我不知道。」

「她沒有說。」

「……你為什麼會知道我不知道的事？」

我也這麼想過，但是現在我知道理由了。

「除了我之外，她沒有跟任何人說。她不幸碰上殺人魔被殺了，但要是沒有碰上殺人魔，她本來會——」

我說到一半被打斷了，耳邊響起一聲高亢的脆響，左頰開始發痛。我沒有經驗，所以花了一點時間才明白這是被人打了巴掌的痛楚。

恭子同學用泫然欲泣的眼神哀求道。

「別說了……」

「……我要說，我非告訴恭子同學不可。她也寫在本子裡了，她說恭子同學是最重要的。所以我希望妳聽我說。她生病了。要是那時沒碰上殺人魔，半年以後她也會死。這是真的。」

恭子同學無力地搖頭。

我把《共病文庫》遞給恭子同學。

「看吧。她雖然喜歡惡作劇，但絕對不會開傷害妳的玩笑。」

我就說到此為止。

她會不會連看也不看，我雖有此不安，但過了一會兒，恭子同學伸出了手。

她遲疑地接過《共病文庫》，翻開書頁。

「真的是小櫻的字。」

「真的是她自己寫的。」

恭子同學皺著眉頭，開始慢慢從第一頁讀起。我專心等待。

她在去世前曾經跟我說過，恭子同學平常也是不看書的類型，因此，恭子同學要看完《共病文庫》需要一點時間。當然時間流逝的因素，並不只是看書的速度。

恭子同學最初好像難以置信，一頁反覆看了好幾遍，嘴裡甚至還叨念著騙人、騙人。她可能在某處與她心意相通，接著恭子突然開始哭了起來，閱讀的速度更慢了。

我完全不感到焦急，特別是恭子同學哭出來的時候，我知道她接受了事實，鬆了一口氣。要是她不接受的話，我今天來此就沒有意義了。除了傳達她的遺志之外，我還有另外一個目的。

咖啡續杯了兩次。我想了想，也在恭子同學前面放了一杯柳橙汁，她默默地喝了一口。

我在等待期間並沒想她的事，毋寧說是在想我能用從她那裡得到的東西做什麼。這對一直都以自己的想法下結論的我來說，是很困難的課題。想著想著，時間很快就過去了。

待我回過神時，已經黃昏了，結果我並沒想出比昨天更具體的方式。普通人習以為常的事，對我來說都很困難。

我望向恭子同學，她滿面淚痕不斷抽咽，桌上堆積著潮濕的面紙，手指夾在書的中間，正打算闔上。我跟昨天的伯母一樣說：「後面還有。」

恭子同學本來已經哭累了，但看了遺書的部分，她把本子闔起來，好像完全不在乎周圍的人似地放聲大哭。我只默默地守著恭子同學，就像昨天伯母守著我一樣。恭子同學不斷呼喚她的名字。小櫻、小櫻。

恭子同學哭得比我昨天要久多了。我望向她，她以流著眼淚的眸子望著我，跟以往一般充滿敵意的視線。

「……為什麼……」

恭子同學用沙啞的聲音問道。

「為什麼……沒有……告訴我……」

「那是因為，她……」

「不是說小櫻！是說你！」

出乎意料的憤怒聲音讓我說不出話來。恭子同學用好像要殺了我一般的尖銳視線和話語對我說。

「要是，要是你說了……我可以多跟她，多跟她在一起……我會退掉社團！我會退學！我會一直，跟小櫻在一起……」

原來，是這樣。

「……不能原諒。不管小櫻有多喜歡你，覺得你有多重要，多需要你，我都不原諒你。」

她再度低下頭，眼淚開始滴在地板上。我真的覺得，真的有一點覺得，我跟以前一樣也無所謂。讓她討厭我也無所謂。但是我搖頭，不行，這樣不行。

我下了決心，對低著頭的恭子同學說。

「對不起。但是……慢慢來也沒關係，希望妳能漸漸原諒我。」

恭子同學沒有說話。

我壓下緊張，勉強開口說。

「還有……如果可以的話……希望有一天……能跟我……」

恭子同學不肯看我。

「跟我做朋友。」

這輩子從來沒有說過的話，讓我喉嚨跟胸口都揪了起來。我極力設法調整呼吸，光是控制自己都忙不過來了，沒有餘力推想恭子同學的心情。

「…………」

「不只是她的遺願而已，也是我自己選擇的。我希望，跟恭子同學，做朋友。」

「…………」

「不行嗎……」

我不知道還能怎麼請求。於是我沒有說話，沈默籠罩了我們。

我從來沒有這麼緊張地等待任何人回應。我在身心都極度緊張的狀態下，等待恭子同學的回答。恭子同學仍舊低著頭，最後她搖搖頭，隔了好幾個小時第一次站起身來，連看也沒看我一眼，就這樣走了。

望著恭子同學的背影，這次換我垂下頭來。

果然……不行啊……。

我覺得是我報應到了，一直都不肯認可別人的報應。

「這實在，很難。」

我自言自語地說。但是，我覺得其實是對她說的。

我把桌上的《共病文庫》收回包包裡，處理掉兩人製造的垃圾山，走到天色已然變暗的室外。

此後該怎麼辦呢？我覺得自己好像被困在沒有出口的迷宮裡。迷宮裡可以看見天空，雖然知道迷宮之外另有天地，卻出不去。

真是一個棘手的問題。大家平常都在解決這些問題，我覺得實在是太厲害了。

我騎上腳踏車，踏上回家的路。

暑假馬上就要結束了。

我的習題，果然還是沒能在暑假前做完。

10

蟬聲以咄咄逼人之勢催促著我。

輔導昨天結束了，真正的暑假從今天開始。我踩著石階堅忍地往上爬。

烈日當空，今天特別熱，頭上的陽光和地面的反射毫不留情地襲來，我的T恤已經全濕了。

我並不是虐待自己，也不是在苦行。

「我一直都覺得，你太弱啦。」

那個女生走在前面，看著汗流浹背、氣喘如牛的我笑道。我不爽地想跟她爭辯，但還是等冷靜下來再說吧。我拼命急著往前。

「來，加油加油。」

那個女生從容地拍著手說，帶著不知是鼓勵還是挑釁的表情替我加油。

終於趕上之後，我用毛巾擦汗，總算可以跟她辯解了。

「我可跟妳不一樣。」

「你不是男生嗎？真丟臉。」

「我出身高貴，所以不用運動的。」

「不要小看高貴的人是吧。」

我從背包裡拿出寶特瓶的茶，大口咕嘟咕嘟地喝。那個女生趁這當口又往前了不少，我沒辦法只好跟上去。不久之後來到了一個視野開闊的地方，我住的小鎮從這個制高點可以一覽無遺。

「好舒服——」

那個女生張開雙手叫道。的確，景致和風都讓人很舒服。汗漸漸被風吹乾了。我又喝了一口茶，重整氣勢。

「來，馬上就到了。」

「哎喲，怎麼突然精神起來啦。給你糖吃當獎勵。」

「你們兩個是以為我靠吃糖跟口香糖維生的嗎？」

我想起總是在教室問我要不要吃口香糖的朋友。

「沒辦法啊，我口袋裡總是剛好有糖啊。給你。」

我心不甘情不願地接過糖，放進口袋裡。這是第幾個了啊。

那個女生哼著歌，輕快地往前走。我啪嗒啪嗒地跟在後面，簡直像是要跟她較量一樣勉強挺直脊樑。

本來是泥土的地面不知何時鋪了石板，我們抵達目的地了。

我們在眾多墓碑中找到一個。

「啊，春樹負責澆水。去那邊打水來。」

「我問兩個問題可以嗎？第一，除了澆水，還有別的要負責嗎？第二，兩個人一起去不好嗎？」

「不要囉唆，快去。不是給了你糖嗎？」

我雖然驚訝，但以她的個性再跟她爭論也沒用。我默默地放下背包，走向附近的取水處。那裡有很多水桶和杓子，我各取了一個，轉開水龍頭用桶子接水，然後回去找她。

她仰頭望著天空。

「嗯，啊，辛苦了。」

「覺得我辛苦就幫忙啊。」

「因為人家出身高貴嘛。」

「是啦是啦。來，這邊請。」

我把水桶和杓子遞給她，她恭敬地接過，在面前山內家的墓碑上盡情潑水，石頭上濺起的水花落在面頰上。墓碑反射著陽光，看起來充滿神秘的氛圍。

「喂，小櫻，快起來！」

「我覺得水不是這樣用的。絕對不是。」

她一直朝墓碑潑水，我這樣告誡她，但她充耳不聞，把最後一滴都潑在墓碑上，爽快地流著汗，害我有這是某種運動的錯覺。

「對墓碑雙手合十的時候，要發出聲音嗎？」

「通常都是安靜地合十。但對她的話，可能發出聲音比較好吧？」

我和那個女生並肩一起拍手，閉上眼睛希望她能聽到我們要說的話。

我們兩個融洽地一起跟她說話。

合十了許久之後，我們幾乎同時睜開眼睛，然後分別把帶來的東西供在墓前。

「那就來去小櫻家吧。」

「好啊。」

「我跟阿姨會好好教訓你的。」

「幹嘛，我完全想不出為什麼要被教訓。」

「我要教訓你的點太多了，不知該從何說起呢。對了，首先是你已經三年級了，還混成這樣完全不唸書。」

「這輪不到妳來說，我夠聰明所以不用唸書啦。」

「這種話你也敢講！」

她的吐槽融入了高高的藍天。我回想起好一陣子沒去的山內家，上次去的時候，第一次見到她哥哥，說上了話。

「這麼說來，我第一次跟別人一起去她家。」

「這才是最需要說教的重點呢。」

我們享受著超級無聊又好玩的對話，一起把水桶和杓子拿回原處歸還，接著再度回到墓前，跟她說：「我們現在要去妳家了。」然後沿著原路回去。那條路回去有點辛苦，即使來到這裡，也不過只是愉快地扯些有的沒的，完全是白搭。

我跟來時一樣，追著恭子同學的背影前進。

雙手合十，閉上眼睛。

我的心意只屬於我，因此，我將它獻給妳。
我希望妳原諒我在此的思緒。
原諒我在此祈願。
因為我這麼沒用，所以讓我先抱怨一下。
一點也不簡單。沒有妳說的、妳感覺的那麼簡單。
跟別人往來一點也不簡單啊。
好難，真的。
所以我花了一年的時間。雖然這我也有責任就是了。
但是，我終於自己選擇來到了這裡，這點希望妳能稱讚我。
我在一年前做出了選擇，要成為像妳一樣的人。
能夠獲得別人認可的人，能夠愛別人的人。
我不知道自己是不是能成為這樣的人，但至少我選擇了。
我現在要跟妳的好朋友，也是我第一個女生朋友一起去妳家。

本來要是能三個人一起聚聚最好，但因為辦不到，也就無可奈何了。那就等到天國再相會吧。

為什麼我們兩人一起去妳不在的妳家呢？因為那天我答應了令堂。

也太遲了吧？恭子同學也這麼說。

我希望妳聽我解釋。我一直都是自己一個人活過來的，所以搞不清楚到底怎樣才算是朋友。

我覺得一定要跟恭子同學成為朋友，才能一起去妳家。

我不知道怎樣才算是朋友，所以就拿妳跟我的關係當標準了。

從她說絕不原諒我的那天開始，我一步步地，真的一步步地，慢慢走上跟她成為朋友的道路。

在我第一次走的這條路上，一向急性子的恭子同學非常有耐心地等待踟躕的我，真的非常感謝她。不愧是妳的閨蜜。當然我不會跟她本人說的。

就這樣，最近終於和恭子同學一起去了我們一年前去的那個地方，雖然是當天來回啦。那時我第一次跟恭子同學說了和令堂的約定，結果又惹她生氣了，罵我為什麼不早說。

真是的，我的朋友性子真急。

給妳的供品是那時買的土產。

用學問之神所在之處的梅子製作的。

妳雖然才十八歲，但特別允許妳享用啦。我試了一下，覺得十分美味。

要是妳喜歡就好了。

恭子同學很好。妳知道嗎？

我也很好，比認識妳之前好太多了。

妳死的時候我是這麼想著。我是為了和妳相遇才出生的。

但是，我不相信妳是為了被我需要才出生的。

現在不一樣了。

我們倆一定是為了在一起才出生的，我這麼相信著。

因為我們倆只有自己的話，並不完整。

因此，我們是為了互補而出生的。

最近我開始這麼想了。

妳不在了，我非得一個人自立自強不可。

我覺得這是我能為合而為一的我們所做的事。

……我還會再來。我不清楚人死後的靈魂到底在哪裡，所以我會到妳家，對著妳的照片再說一次。要是妳沒聽到，我去天國時會跟妳說。

那就下次見了。

…………。

啊，對了對了。妳沒發現我跟妳撒了一個謊。

之前跟妳說過的，說話總是加上『先生』的人，那完全是假的，是我編的故事。

因為妳感動得要命，所以我才沒告訴妳真相。

真正的故事啊，下次見到妳時再說吧。

要是真有像是我初戀的女生又出現了的話。

這次，或許真的可以吃掉她的胰臟了。

我們頂著仍舊毫不容情的陽光，走下閃閃發亮的白色階梯。

走在前面的恭子同學晃動肩上背的社團用包包，哼著小曲。

我趕上興高采烈的友人，猜了她在哼什麼曲子。

恭子同學好像很不好意思似地用力拍了我的肩膀。

我笑著抬頭望天，說出心中所想。

「我們都要幸福喔。」

「……什麼啊，你是在跟我告白嗎？去過小櫻墓前之後？好噁喔！」

「才不是呢。我的意義更深刻好嗎？而且我跟那人不一樣，喜歡比妳文靜的女生。」

我咧嘴一笑，挑釁地望向原諒本來不可原諒的我的那個女生。

啊，我立刻發現自己剛才失言了，但為時已晚。恭子同學對我說的話起了疑心，訝異地把頭傾向一邊。

「跟那人不一樣？」

「對不起，別這樣，等一下，剛才的不算。」

我很稀奇地慌亂了起來。她望著我，稍微沈思了一下，然後嘴角非常討人厭地往上揚，雙手一拍，清脆的聲音迴響在附近的石頭上。

我搖著頭哀求她。

「真的，剛才是我漫不經心，拜託妳不要……」

「要是春樹有很多朋友，那我可能不知道是誰啦——。哎，他呀！嗯——。我以為他才比較喜歡文靜的女生呢。」

我也這麼以為，因為是他自己這麼說的，但喜好可能會改變，他也可能沒說實話。不管怎樣都無所謂啦。總之，我在心裡跟他道歉。對不起，下次我請你吃口香糖。

恭子同學「哎——」、「嗯——」了半天，又壞壞地笑起來。

「很高興嗎？」

「嗯，對啊，被人喜歡沒有人不高興的吧。」

「那真是好消息。」

對漫不經心的我來說。

「但是要等考完試才要跟他交往。」

「妳也想太遠了。我會跟他說的，這樣他就會努力唸書考試了吧。」

我們走下階梯，一面你一言我一語地唇槍舌戰。

她一定在看著我們吧。

「哇哈哈哈哈。」

聽見背後傳來的笑聲，我猛地轉過頭，差一點就扭到了。恭子同學也一樣，然後壓著脖子說。

「好痛！」

當然，我們背後沒人。

風撫著我們汗濕的臉龐。

我和恭子同學四目相接，然後同時笑起來。

「這就去小櫻家吧！」

「嗯，櫻良在等我們。」

我們一面哇哈哈哈地笑著，一面走下長長的階梯。

我已經，不再恐懼了。

（全書完）

我想吃掉你的胰臟

作　　者　住野夜 Yoru Sumino
譯　　者　丁世佳
發 行 人　林隆奮 Frank Lin
社　　長　蘇國林 Green Su

出版團隊

總 編 輯　葉怡慧 Carol Yeh
日文主編　許世璇 Kylie Hsu
企劃選書　許世璇 Kylie Hsu
封面設計　許晉維 Jin Wei Hsu
版面構成　譚思敏 Emma Tan

行銷統籌

業務處長　吳宗庭 Tim Wu
業務主任　蘇倍生 Benson Su
業務專員　鍾依娟 Irina Chung
業務秘書　陳曉琪 Angel Chen
　　　　　莊皓雯 Gia Chuang
行銷主任　朱韻淑 Vina Ju

發行公司　精誠資訊股份有限公司　悅知文化
　　　　　105台北市松山區復興北路99號12樓
訂購專線　(02) 2719-8811
訂購傳真　(02) 2719-7980
專屬網址　http : //www.delightpress.com.tw
悅知客服　cs@delightpress.com.tw
ISBN : 978-986-95094-6-6
建議售價　新台幣360元
二版三八刷　2024年06月

國家圖書館出版品預行編目資料

我想吃掉你的胰臟【電影珍藏版】/ 住野夜著；丁世佳譯.
-- 二版. -- 臺北市：精誠資訊, 2017.10
面；　公分
電影改編版
ISBN 978-986-95094-6-6(平裝)

861.57　　　　106012044

建議分類｜文學小說・翻譯文學

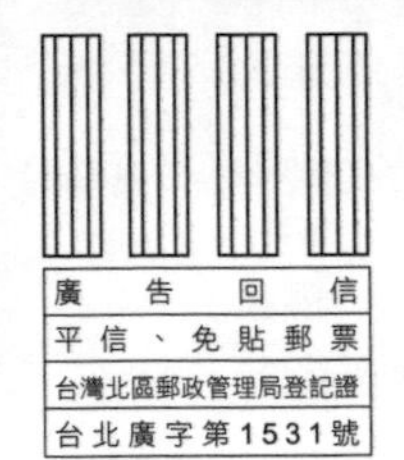

SYSTEX making it happen 精誠資訊 | dp 悅知文化 Delight Press

精誠公司悅知文化　收

105 台北市復興北路99號12樓

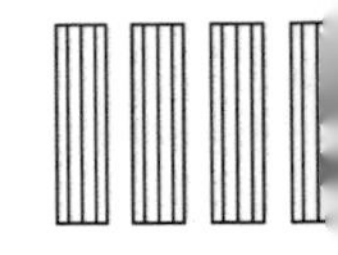

－－－－－－－－－－－－－（請沿此虛線對折寄回）－－－－－－－－－

讀者回函

《我想吃掉你的胰臟》

感謝您購買本書。為提供更好的服務，請撥冗回答下列問題，以做為我們日後改善的依據。
請將回函寄回台北市復興北路99號12樓（免貼郵票），悅知文化感謝您的支持與愛護！

姓名：＿＿＿＿＿＿ 性別：□男 □女 年齡：＿＿＿ 歲

聯絡電話：(日)＿＿＿＿＿＿ (夜)＿＿＿＿＿＿

Email：＿＿＿＿＿＿

通訊地址：□□□-□□ ＿＿＿＿＿＿

學歷：□國中以下 □高中 □專科 □大學 □研究所 □研究所以上

職稱：□學生 □家管 □自由工作者 □一般職員 □中高階主管 □經營者 □其他＿＿＿＿＿＿

平均每月購買幾本書：□4本以下 □4~10本 □10本~20本 □20本以上

- 您喜歡的閱讀類別？(可複選)

  □文學小說 □心靈勵志 □行銷商管 □藝術設計 □生活風格 □旅遊 □食譜 □其他＿＿＿＿＿＿

- 請問您如何獲得閱讀資訊？(可複選)

  □悅知官網、社群、電子報 □書店文宣 □他人介紹 □團購管道

  媒體：□網路 □報紙 □雜誌 □廣播 □電視 □其他＿＿＿＿＿＿

- 請問您在何處購買本書？

  實體書店：□誠品 □金石堂 □紀伊國屋 □其他＿＿＿＿＿＿

  網路書店：□博客來 □金石堂 □誠品 □PCHome □讀冊 □其他＿＿＿＿＿＿

- 購買本書的主要原因是？(單選)

  □工作或生活所需 □主題吸引 □親友推薦 □書封精美 □喜歡悅知 □喜歡作者 □行銷活動

  □有折扣＿＿＿折 □媒體推薦＿＿＿＿＿＿

- 您覺得本書的品質及內容如何？

  內容：□很好 □普通 □待加強 原因：＿＿＿＿＿＿

  印刷：□很好 □普通 □待加強 原因：＿＿＿＿＿＿

  價格：□偏高 □普通 □偏低 原因：＿＿＿＿＿＿

- 請問您認識悅知文化嗎？(可複選)

  □第一次接觸 □購買過悅知其他書籍 □已加入悅知網站會員www.delightpress.com.tw □有訂閱悅知電子報

- 請問您是否瀏覽過悅知文化網站？ □是 □否

- 您願意收到我們發送的電子報，以得到更多書訊及優惠嗎？ □願意 □不願意

- 請問您對本書的綜合建議：＿＿＿＿＿＿

- 希望我們出版什麼類型的書：＿＿＿＿＿＿